Elisabeth Heck

Nostalgische Geschichten

Butzon & Bercker

Bibliografische Information der Deutschen Nationalbibliothek

Die Deutsche Nationalbibliothek verzeichnet diese Publikation in der Deutschen Nationalbibliografie; detaillierte bibliografische Daten sind im Internet über http://dnb.d-nb.de abrufbar.

Das Gesamtprogramm von Butzon & Bercker finden Sie im Internet unter www.bube.de

ISBN 978-3-7666-2546-5

© 2018 Butzon & Bercker GmbH, Hoogeweg 100,
47623 Kevelaer, Deutschland, www.bube.de
Alle Rechte vorbehalten.
Umschlagbild: © by-studio – Fotolia.com; zozodesign – Fotolia.com
Umschlaggestaltung: Nicole Weidner, Kevelaer
Satz: SATZstudio Josef Pieper, Bedburg-Hau
Printed in Poland

Inhalt

Das Wunder der Heiligen Nacht

Das Lied des Engels	9
Ihr Kinderlein, kommet	13
Christrosen	15
Zu Betlehem, da ruht ein Kind	20
Der stumme Hirte	22
So ward der Herr Jesus geboren	25
Das Hirtenmädchen	27
Wachet auf, ruft uns die Stimme	31
Raphael	33
Diese Nacht hat ein Geheimnis	36
Benjamin und sein Esel	38
Welch Geheimnis ist ein Kind	42
Samuel und das Kind	44
Dies ist die Nacht	48
Das Kind in der Wüste	50
Stille Nacht, heilige Nacht	54
Flucht in die Skorpionen-Höhle	56
Vom Himmel hoch, da komm ich her	60
Der verheißene Stern	62
Zu Betlehem geboren	66

Weihnachten – das Fest der Freude

Sandra und das Weihnachtslicht	71
Weihnachtslied	77
Andreas findet das Christkind	78
Morgen, Kinder, wird's was geben	83
Der Weihnachtsstern	86
Alle Jahre wieder	89
Ein Geschenk für das Christkind	90
Christkind	93
Laura möchte Weihnachten feiern	95
Weihnachten	98
Der krumme Christbaum	99
Advent	106
Der dunkle Engel	107
Ein Tännlein aus dem Walde	111
Die Weihnachtslaterne	113
O schöne, herrliche Weihnachtszeit	116
Blacky	117
O Tannenbaum	124
Weihnachten allein?	126
Am Weihnachtsbaum die Lichter brennen	131
Großvaters Weihnachtswunsch	133
Der Traum	137
Quellennachweis	139

Das Wunder der HEILIGEN NACHT

Das Lied des Engels

Es ist kalt da draußen in der Nacht auf dem Felde. Der kleine David haucht verstohlen in seine Hände. Die Finger sind ganz steif. Er aber möchte spielen auf seiner Flöte. Ihm scheint, alle Lieder wären schöner in der Nacht, irgendwie verzaubert, dann wenn die Sterne lauschen.

David darf heute zum ersten Mal mit dem Vater nachts bei den Herden wachen. Er sitzt inmitten der Hirten.

„Frierst du?", fragt der Vater.

„Pah", macht David großspurig. Trotzdem ist er froh um die Decke, die der Vater über ihn wirft. Sein liebstes Schaf drückt sich an ihn. Gerne wärmt er seine Finger in der weichen Wolle.

Zwei Hirten sprechen leise miteinander. David schnappt das Wort „König" auf und horcht. Er kann das Gespräch nicht verstehen. Aber sein Herz fängt wie wild zu pochen an. Es ist sein heimlichster Wunsch, den König einmal sehen zu dürfen. Wunderbar schön muss er

sein. Gewiss sitzt er auf einem goldenen Thron, trägt eine funkelnde Krone und prächtige Gewänder. Einmal hat David geträumt, er stehe vor dem König und spiele ihm ein Lied auf der Flöte. Er hat diesen Traum dem Vater erzählt. Dieser aber ist fast böse geworden: „Träume mir nicht solch dummes Zeug! Die Könige wollen nichts mit armen Hirten zu tun haben."

Die beiden Hirten sind verstummt. David aber muss immerzu an den König denken, von dem man nicht einmal träumen darf. Er hat die Augen geschlossen. Auf einmal schrickt er auf. Woher kommt dieses Licht? Das ist nicht der Schein des Feuers. Ist es schon heller Tag geworden? David springt auf die Füße.

„Der König, der König kommt", jubelt er. Oder träumt er wieder? Er fährt sich über die Augen. Nein, David träumt keineswegs. Er sieht ja neben sich deutlich den Vater, der mit den Händen das Gesicht bedeckt. Auch sein Schaf ist da. Es zittert am ganzen Leib.

David fürchtet sich nicht. Er muss nur staunen. Was er sieht, das ist noch viel gewaltiger und wunderbarer als der König, von dem er träumte: Es ist ein Engel. David hört ihn sagen: „Fürchtet euch nicht! Ich verkünde euch eine große Freude. In Betlehem ist heute Nacht der Hei-

land geboren worden, der König des Himmels. Er kam als ein kleines Kind. Ihr könnt es sehen in der Krippe in einem Stall."

Nun sind Himmel und Erde voll Licht und Engelsgesang, mitten in der Nacht.

„Auf, auf, nach Betlehem!", ruft einer der Hirten.

Sie eilen davon. David rennt ihnen nach. Da hört er hinter sich ein Glöcklein bimmeln. Sein Schaf ist ihm nachgesprungen.

Sie stehen vor dem Stall. Durch eine Ritze in der Wand dringt ein wenig Licht. Drinnen ist es ganz still. Die Männer wagen kaum zu atmen. Einer flüstert: „Dürfen wir wohl stören zu so später Stunde? Sicher schläft der kleine Gottessohn." Da blökt das Schaf fröhlich, fast ein wenig unverschämt, in die Stille. Und schon öffnet sich die Tür von innen. Josef leuchtet mit der Laterne heraus. Sein Gesicht ist zuerst ein wenig besorgt, dann aber hellt es sich auf. Josef hat verstanden: Das sind arme, einfache Leute. Man darf sie hereinlassen. Er tritt auf die Seite.

Das Schaf hüpft ungeduldig als Erstes hinein und drängt sich an die Krippe. David denkt: „Vielleicht friert das kleine Kind und mein Schaf kann es wärmen." Er schaut

es immer an, das Gotteskind, während der alte Hirte den Eltern von der Erscheinung des Engels berichtet.

„Sind wir die Ersten beim kleinen König?", wagt David Maria zu fragen. Sie blickt ihn lächelnd an und nickt.

Da ist kein Thron, nur eine Krippe. Da ist kein prächtiges Gewand, nur ein wenig Stroh und ein Tuch. Da ist keine Krone, nur ein Lichtschimmer. Und doch ist dieses Kind der Sohn des allerhöchsten Königs. Der Engel hat es gesagt.

Der alte Hirte schweigt. Leise zieht David seine Flöte hervor. Schüchtern fragt er: „Darf ich spielen?"

Wieder nickt Maria: „Ja, spiele ihm du das erste Wiegenlied!"

Seine Finger zittern. Ob er es noch kann? Da ist ihm, er höre von fern nochmals die Stimme des Engels. Jetzt wird sie zum Lied auf seiner Flöte. So schön hat David noch nie gespielt.

Ihr Kinderlein, kommet

Ihr Kinderlein, kommet, o kommet doch all,
zur Krippe her kommet in Betlehems Stall,
und seht, was in dieser hochheiligen Nacht
der Vater im Himmel für Freude uns macht!

O seht in der Krippe im nächtlichen Stall,
seht hier bei des Lichtes hellglänzendem Strahl
in reinlichen Windeln das himmlische Kind,
viel schöner und holder, als Engel es sind.

Da liegt es, das Kindlein, auf Heu und auf Stroh,
Maria und Josef betrachten es froh;
die redlichen Hirten knien betend davor;
hoch oben schwebt jubelnd der Engelein Chor.

O beugt wie die Hirten anbetend die Knie;
erhebet die Hände und danket wie sie!
Stimmt freudig, ihr Kinder, wer sollt sich nicht freun,
stimmt freudig zum Jubel der Engel mit ein!

Christoph von Schmid

Christrosen

Es ist Winter geworden, grau und kalt. Für Rut eine schlimme Zeit! Zur täglichen Hausarbeit kommt noch das Holzsammeln dazu.
Seit dem Tod der Mutter ist der Vater anders geworden, wortkarg und mürrisch. Nur einmal noch hat Rut wie früher die ärmliche Behausung mit Blumen und Kränzen festlich geschmückt. Dabei war sie allerdings mit der Zubereitung des Essens verspätet. Der Vater tadelte sie mit den Worten: „Solcher Firlefanz gehört in den Palast des Königs, aber nicht in die Hütten armer Hirten." „Blumenprinzessin!", fügte der Bruder spöttisch bei. Hat er ihre gemeinsamen Spiele vergessen? Damals beim Schafehüten? Als sie zusammen vom Dienst beim König schwärmten: er als tapferer Krieger, sie als Blumenmädchen und Tänzerin? Von da an verrichtet Rut ihre Arbeit schlecht gelaunt. Ein junges Mädchen allein mit seinen Wünschen und Träumen! Der Bruder hat es besser; er fühlt sich in der Gemeinschaft der Hirten als einer

von ihnen, teilt ihren Kummer, auch ihre Hoffnung: Sie erwarten einen neuen König, der ihre Sorgen versteht, der ihnen in Armut und Not hilft. So sei es in alten Büchern aufgeschrieben und von weisen Männern verheißen.

Rut hat das Nachtessen zubereitet, auch das nötige Holz für ein Feuer zusammengetragen. Noch ist die Öllampe nicht angezündet; das junge Mädchen liebt es, beim Eindunkeln eine Weile müßig zu sein. Wenn die ersten Sterne am Himmel erscheinen, träumt es sich in eine andere, schönere Welt. Hat Rut die Zeit vergessen? Oder ist ein Unglück geschehen? Da eilen sie früher als erwartet herbei: Vater und Bruder, aber auch die anderen Hirten. In ihrer Hast geben sie dem jungen Mädchen nur ungenügend Auskunft, raffen wie bei einer Flucht zusammen, was ihnen an Brauchbarem in die Hände gerät. Sogar das Holz bindet der Vater zusammen. „Hole für unser Feuer nochmals Holz und halte das Essen warm, bis wir zurückkommen!", ruft er.

Rut hat nur dies verstanden: Fremde in einer der verlassenen Grotten – kein Essen, kein Feuer – ein kleines Kind, das sterben könnte in solcher Armut, die größer sei als die eigene …

Rut greift sich verwirrt an den Kopf. Dann steigt Trotz in ihr auf: „Auch ich möchte sie sehen, das Kind und seine Mutter. Auch ich möchte ihnen etwas bringen." Sie denkt zuerst an ihre Decke, aber die ist schon weg. „Sie haben sie mir genommen, einfach genommen!", klagt Rut und stampft auf vor Zorn. Die große Decke auf dem Lager der Männer ist zu schwer. Rut beginnt zu weinen. Durch ihre Tränen hindurch sieht sie den großen Stern, der am Himmel strahlend aufgegangen ist. „Eine helle Nacht!", tröstet sich das Mädchen. „Warum nicht ein wenig Holz zusammensuchen? Holz für ein warmes Feuer beim Kind! Holz ist im Winter immer willkommen." Sie nimmt ihren Korb, geht damit ins Freie und glaubt, der herrliche Stern blinzle ihr vertraulich zu. Sie spürt eine neue Freude, während sie sich immer wieder bückt im Gehölz. Selbstvergessen summt sie vor sich hin. Da – ein Wunder? Sie glaubt zu träumen: Blumen! Blumen mitten im Winter!

Rut hat später als die anderen die Grotte gefunden. Sie versteckt sich im nahen Gebüsch und wartet, bis die letzten Hirten gegangen sind. Endlich wagt sie sich vor den Eingang: Da steht sie schüchtern mit ihrem Korb und sieht die Frau mit dem kleinen Kind im Schoß.

Schon kommt der Mann dem jungen Mädchen entgegen und führt es freundlich am Arm ins Innere der Höhle. Rut bemerkt ihre Decke auf dem Bettchen des Kindes. „Meine Decke! Ich erkenne sie am Flicken", möchte Rut sagen. Aber dann sagt sie es doch nicht, denn sie sieht das Kind und vergisst alles andere.

„Wünsch' Glück!" Mehr bringt sie nicht heraus, hält einfach ihren Korb hin. Die Frau beugt sich darüber und jubelt auf: „Blumen! Blumen haben mir gefehlt!" Der Mann nickt und meint: „Die Hirten haben uns das Allernötigste gebracht. Sie sind arme Leute wie wir." Aber die Frau wiederholt immer wieder entzückt: „Du bringst mir Blumen, Blumen mitten im Winter." Mit dem einen Arm hält sie ihr Kind, mit der freien Hand holt sie sorgsam die Blumen aus dem Korb. Das Kind greift in die Blüten. Dabei fallen ein paar Blätter zu Boden. Rut nimmt sie auf und wirft sie in die Luft, um das Kind zu erheitern. Da jauchzt es auf und schlägt die kleinen Hände begeistert zusammen.

Mit dem leeren Korb will Rut sich auf den Heimweg machen. Vor der Grotte erwartet sie ihr Bruder. „Ich muss noch Holz für das Feuer daheim zusammentragen", erinnert sie sich und ist über seine Antwort er-

staunt: „Ich will dir dabei helfen. Weißt du auch, dass dieses Kind der verheißene König ist? So wurde es von Engeln verkündet. Und stell dir vor: Wir waren die Ersten bei ihm!" Über ihnen strahlt der wunderbare Stern.

Zu Betlehem, da ruht ein Kind

Zu Betlehem, da ruht ein Kind,
im Kripplein eng und klein,
das Kindlein ist ein Gotteskind,
nennt Erd' und Himmel sein.
Zu Betlehem, da liegt im Stall,
bei Ochs und Eselein,
der Herr, der schuf das Weltenall,
als Jesukindchen klein.

Von seinem gold'nen Thron herab
bringt's Gnad und Herrlichkeit,
bringt jedem eine gute Gab',
die ihm das Herz erfreut.
Der bunte Baum, vom Licht erhellt,
der freuet uns gar sehr,
ach, wie so arm die weite Welt,
wenn's Jesukind nicht wär'!

Das schenkt uns Licht und Lieb' und Lust
in froher, heil'ger Nacht.
Das hat, als es nichts mehr gewusst,
sich selbst uns dargebracht.
O wenn wir einst im Himmel sind,
den lieben Englein nah,
dann singen wir dem Jesukind
das wahre Gloria.

Annette von Droste-Hülshoff

Der stumme Hirte

Auch diesmal bleibt Andreas zurück. Die anderen eilen vor ihm her, um das neugeborene Kind im Stall zu sehen. Wie immer wird sein Abstand zu ihnen größer. Sie haben ihm das Schaf überlassen, das hinkt und deshalb mit der Herde nicht Schritt halten kann.
In ihrer Mitte fühlt sich der stumme Hirte nicht wohl. Wenn er ihnen mit Zeichen etwas zu verstehen geben will, schütteln sie die Köpfe oder zucken die Achseln. Auch begreifen sie seine Angst nicht, wenn er sich in der Nacht vor den Ästen eines knorrigen Baumes oder vor Steinen im Mondlicht fürchtet.
Am meisten scheut Andreas fremde Menschen; denn er sieht Mitleid oder Abneigung in ihren Gesichtern. So kommen die anderen ohne ihn zum Stall. Sie treten ein, um das Kind und seine Mutter zu sehen. Es liegt nur auf Stroh in einer Krippe, aber es ist ein besonderes Kind. Die Hirten betrachten es lange. Warum fängt es auf einmal so sehr zu weinen an?

Vor dem Eingang steht Andreas, der Stumme. Sein Schaf drückt sich herein in die Wärme des Stalles. Er aber bleibt draußen und macht seltsame Zeichen. Hat er damit das Kind erschreckt?

Die Hirten stecken leise beratend die Köpfe zusammen. Endlich geht einer von ihnen hinaus. Er sieht Andreas auf das Dach des Stalles klettern. Darauf liegt ein großer Stein, der es beschwert. Das Gesicht des Stummen ist verzerrt von entsetzlicher Angst. Der Stein auf dem Dach ist schwer und unförmig. Was mag Andreas Schreckliches an ihm sehen? Und warum wagt er es dennoch, ihn vom Dach herabzuwälzen? Die Hirten eilen herbei. Zu spät! Schon ist der Stein auf den Boden gerollt.

Sie beschließen, das Dach am nächsten Tag mit neuen Steinen zu beschweren. Dann gehen sie, um nach ihren Schafen zu sehen. Wo aber ist Andreas geblieben? Sein hinkendes Schaf scheint im Stall auf ihn zu warten.

In dieser Nacht kommt ein heftiger Sturmwind auf. Er reißt vom Stall einen Teil des Daches weg. Die Mutter hat sich über das Kind gelegt, um es zu beschützen. Ihr Mann berührt sie an der Schulter, damit sie aufschaue. Er zeigt in die Höhe. Da ist kein Dach mehr über ihnen.

Der Sturm hat sich gelegt. Ein wunderbarer Stern ist am nächtlichen Himmel aufgegangen. Er scheint herab auf das Kind. Es liegt ganz still und weint nicht mehr. Der Mann geht hinaus und sieht den stummen Hirten. Andreas sitzt auf dem großen Stein, den Kopf wie lauschend zum Stern aufgehoben. Der Mann sieht auch das Dach. Es ist vom Sturmwind auseinandergerissen. Wenn der schwere Stein in den Stall hinabgefallen wäre? Vielleicht hätte er das Kind erdrückt.
Davon erfahren am nächsten Tag auch die Hirten. Sie sind gekommen, um nach dem Dach zu sehen.
Von da an wird Andreas, der stumme Hirte, in ihrer Mitte aufgenommen und von allen geachtet. Durch die Steinwüste lassen sie ihn vorangehen. Er selbst spürt keine Angst mehr, auch nicht während der Nacht. Als wären alle Steine heruntergefallene Sterne! Er ist es auch, der die Wasserstellen in der Wüste findet, ohne die Hirten und Schafe verdursten würden.

So ward der Herr Jesus geboren

So ward der Herr Jesus geboren
im Stall bei der kalten Nacht.
Die Armen, die haben gefroren,
den Reichen war's warm gemacht.

Sein Vater ist Schreiner gewesen.
Die Mutter war eine Magd.
Sie haben kein Geld nicht besessen,
die haben sich wohl geplagt.

Kein Wirt hat ins Haus sie genommen.
Sie waren von Herzen froh,
dass sie noch in den Stall sind gekommen.
Sie legten das Kind auf Stroh.

Die Engel, die haben gesungen,
dass wohl ein Wunder geschehn.
Da kamen die Hirten gesprungen
und haben es angesehn.

Die Hirten, die will es erbarmen,
wie elend das Kindlein sei.
Es ist eine Geschicht' für die Armen,
kein Reicher war nicht dabei.

Ludwig Thoma

Das Hirtenmädchen

Mirjam erwacht. Sie hat geträumt vom kleinen Kind im Stall von Betlehem – wie es weint und friert in größter Armut.

Mirjam schleicht aus dem Haus, leise, damit die Tür nicht knarrt. Über ihren Mantel hat sie sich ein Wolltuch gelegt. Ihre Hand umfasst warm ein Pferdchen aus Holz. Geschenke für das Kind!

Mirjam fürchtet sich nicht in der Dunkelheit. War es nicht auch tiefe Nacht, als der Vater mit den anderen Hirten das kleine Kind im Stall fand? Und er hat ihr die Richtung gezeigt. Auch Mirjam wird es finden.

Es ist schon heller Tag. Da steht sie plötzlich still: Unter dem Gebüsch raschelt es. Sie bückt sich. Ein Vogel! Ist er aus dem Nest gefallen? Er lässt sich ohne Mühe fangen; ein Flügel ist verletzt. Mirjam bettet den Vogel sorgfältig in die noch leere Manteltasche. Zuerst will er angstvoll davonflattern, aber nach und nach wird er ruhig.

In der einen Tasche den verletzten Vogel, in der anderen das hölzerne Pferdchen – so wandert Mirjam weiter.

Bei einem einsamen Haus klopft sie an. Eine alte Frau kommt vor die Tür. Das Mädchen zeigt ihr den kranken Vogel. Die Frau verspricht, ihn gesund zu pflegen. Ein Husten schüttelt sie, denn die Wohnung ist kalt. Mirjam will für sie Holz einsammeln und Tee beim Hirten hinter dem Hügel holen. Sie nimmt das Wolltuch, das sie über ihrem Mantel trägt und legt es um die Schultern der frierenden Frau.

Am nächsten Tag macht Mirjam sich wieder auf nach Betlehem. Die alte Frau hat ihr den kürzesten Weg beschrieben.

Um die Mittagszeit sieht sie vor einer Hütte einen kleinen Jungen. Er ist allein und weint laut. Mirjam sieht seine gelähmten Beine und begreift, warum das Kind weint: Der Wind hat die Blätter zerstreut, mit denen es spielen wollte.

Mirjam umfasst das hölzerne Pferdchen in ihrer Manteltasche: Der Junge ist gelähmt und hat nichts zum Spielen … Schon stellt sie das Spielzeug vor den Kleinen hin. Er jubelt auf und klatscht in die Hände. Mirjam sucht kleine Steine, denn er will dem Pferd einen Stall

bauen. Als endlich seine Mutter heimkommt – da steht die Sonne schon tief.
An diesem Abend liegt Mirjam lange wach. Der kleine Junge schläft. Neben seinem Bett steht das hölzerne Pferdchen. So wird sie dem Kind in Betlehem nichts bringen können.

Am späten Nachmittag des folgenden Tages pocht Mirjam kaum hörbar an die Tür des Stalles. Sie lauscht und hört es deutlich: Das Kindlein weint. Mirjam drückt leise die Türe auf.
Da liegt es in der Krippe, genau so, wie ihr Vater es erzählt hat, nur: Es müssen vornehme Gäste da gewesen sein. Denn eine kostbare Decke ist über die Krippe gebreitet. Die Mutter des Kindes hält ein golden funkelndes Kästchen in den Händen. Mirjam versteht: Ich komme zu spät. Das Kind ist nicht mehr arm. Es braucht mein Wolltuch und mein Spielzeug nicht mehr. Aber warum weint es trotzdem?
Die Mutter nimmt ihr Kind an sich, umhüllt es mit der warmen Decke, zeigt ihm das glänzende Kästchen. Aber es hört nicht auf zu weinen.
Mirjam ist näher und näher getreten. Jetzt kauert sie

sich vor das untröstliche Kind und spricht ihm mit zärtlichen Worten zu.

Das Kind schluchzt noch ein paar Mal und schaut Mirjam mit großen Augen an. Seine Fingerchen zupfen an ihrem Mantel. Sie tasten. Sie suchen.

Mirjam stülpt das Innere der Taschen nach außen. Nichts ist darin. Oder doch?

Eine kleine Feder, die der Vogel verloren hat.

Ein Hölzchen, beim Holzsammeln für die alte Frau hereingefallen.

Ein Steinchen, für den lahmen Jungen gesucht.

Die Hände des Kindes greifen nach dem Steinchen, nach dem Hölzchen. Auf der Decke liegt die Feder und zittert. Das Kind schaut sie an und lacht.

Endlich schläft es ein. Seine kleinen Fäuste sind fest geschlossen, um das Hölzchen die eine, um das Steinchen die andere. Und die Vogelfeder auf der Decke zittert bei jedem Atemzug.

Wachet auf, ruft uns die Stimme

"Wachet auf", ruft uns die Stimme
der Wächter sehr hoch auf der Zinne,
„wach auf, du Stadt Jerusalem."
Mitternacht heißt diese Stunde;
sie rufen uns mit hellem Munde:
„Wo seid ihr klugen Jungfrauen?
Wohlauf, der Bräutgam kommt;
steh auf, die Lampen nehmt.
Halleluja.
Macht euch bereit zu der Hochzeit,
ihr müsset ihm entgegengehn."

Zion hört die Wächter singen;
das Herz tut ihr vor Freude springen,
sie wachet und steht eilend auf.
Ihr Freund kommt vom Himmel prächtig,

von Gnaden stark, von Wahrheit mächtig;
ihr Licht wird hell, ihr Stern geht auf.
„Nun komm, du werte Kron,
Herr Jesu, Gottes Sohn.
Hosianna.
Wir folgen all zum Freudensaal
und halten mit das Abendmahl."

Gloria sei dir gesungen
mit Menschen- und mit Engelzungen,
mit Harfen und mit Zimbeln schön.
Von zwölf Perlen sind die Tore
an deiner Stadt; wir stehn im Chore
der Engel hoch um deinen Thron.
Kein Aug hat je gespürt,
kein Ohr hat je gehört solche Freude.
Des jauchzen wir und singen dir
das Halleluja für und für.

Philipp Nicolai

Raphael

Als Kind wurde er bei seinem Namen genannt: Raphael. Darauf war er stolz: Raphael heißt einer der großen, starken Engel, so hatte man ihm gesagt.

Die Kleinen bewunderten ihn. Denn er kletterte auf die Bäume höher als alle, flink und wie beflügelt.

Aber dann blieb er klein, während die anderen größer wurden. „Ein Zwerg!", spotteten sie jetzt. Ihre Spiele hatten sich beim Heranwachsen geändert und schlossen ihn aus: Sie träumten von kriegerischen Heldentaten, von Reichtum und Macht.

Dafür brauchten ihn die Hirten: Wenn ein Schaf in der Herde fehlte, riefen sie nach dem „Zwerg". Das war der neue Name, den sie ihm gaben. Er kletterte Felswände hinunter, kroch durch Dorngestrüpp und brachte das gestürzte oder verletzte Schaf zur Herde zurück. Sahen die Hirten nicht seine geschundenen Hände, sein zerkratztes Gesicht? Mehr und mehr fühlte er sich von ihnen ausgenützt. Wohl wehrte er sich dagegen nicht, aber er diente ihnen mürrisch und freudlos. An ihren Festen reizte sie seine kleine Gestalt zum Spott. Er nahm daran nicht mehr teil. Ihr Übermut stimmte ihn traurig.

So auch an diesem Abend: Beim Hereinbrechen der Nacht suchte er seine verborgene Schlafstätte auf. Vor einiger Zeit hatte er auf der Suche nach einem verlorenen Schaf hinter Dorngestrüpp eine Höhle entdeckt: sein Geheimnis. Ganz in der Nähe stand ein verkrüppelter Baum. Aus dem knorrigen Stamm wuchsen Zweige – wie ein wirrer Haarschopf. Für Raphael ein gutes Versteck!

Er sah in der Ferne die Lichter der Stadt, hörte auch den gedämpften Lärm, denn viel fremdes Volk war gekommen. Der Wind bewegte die Zweige. Sie schimmerten auf, als ein großer Stern am Himmel erschien.

War das noch der Wind, der durch die Zweige sang? Raphael spürte eine neue Freude und begann ein Lied zu summen. Er verstummte, als er nahe Stimmen hörte: „In der Stadt finden wir keinen Platz für uns und das Kind, das bald zur Welt kommen wird. Vielleicht wissen die Hirten Rat."

„Ich habe einen Engel singen hören." Das war die Stimme einer Frau.

Und jetzt wieder die des Mannes: „Du meinst den Wind. Lass uns weitergehen, um endlich ein Obdach zu finden." Der Mann hatte sich schon einige Schritte entfernt. Aber die Frau stand noch immer unter dem Baum und lauschte. Da wusste Raphael nicht, wie ihm geschah: Er vergaß sich und sang, musste singen.

Der Mann kam zurück. „Hörst du ihn jetzt auch, den Engel?", fragte die Frau. Und der Mann nickte.

Da kletterte Raphael vom Baum, kroch unter das Gestrüpp, winkte und verschwand. Der Mann legte sich flach auf den Boden. Dann sprang er hoch und bog die Dornen zur Seite.

In der Höhle wartete Raphael auf sie. „Unser Engel", sagte die Frau. Glücklich, dass er die Höhle schon vorher notdürftig eingerichtet hatte, bereitete Raphael der Frau ein Lager. Dabei dachte er an das kleine Kind, das zur Welt kommen wollte. Und die Freude in ihm wurde groß und größer …

Diese Nacht hat ein Geheimnis

Diese Nacht hat ein Geheimnis,
das nur sieht, wer sich aufmacht;
diese Nacht ist Nacht der Nächte,
weil der Himmel lacht,
weil uns der Himmel lacht.

Diese Nacht, wie jede dunkel,
hat sich Gott für uns erdacht
und ein Stern führt hin zum Wunder,
wo der Himmel lacht,
wo uns der Himmel lacht.

Diese Nacht birgt gute Nachricht,
uns von Engeln überbracht:
Gott wird Mensch, teilt unser Leben,
dass der Himmel lacht,
dass uns der Himmel lacht.

Diese Nacht ist unvergesslich,
Freude wird vertausendfacht.
Und wir stehen da und staunen,
wie der Himmel lacht,
wie uns der Himmel lacht.

Diese Nacht hat ein Geheimnis,
das nur sieht, wer sich aufmacht;
diese Nacht ist Nacht der Nächte,
weil der Himmel lacht,
weil uns der Himmel lacht.

Eugen Eckert

Benjamin und sein Esel

Horch! Der Schrei eines Esels, laut und trotzig. Die Hirtenjungen laufen Benjamin und seinem Esel entgegen. Was weiß er Neues aus der Stadt zu erzählen? Was hat er ihnen wohl mitgebracht? Ein paar köstliche Früchte? Oder gar ein unbekanntes Musikinstrument? Sie beneiden ihn. Aber haben sie nicht den ganzen Tag Zeit für ihre Spiele?

Die Schafe weiden friedlich und sind gefügig. Nicht so Trotz, der Esel! Benjamin will sich mit seinen Kameraden noch ein wenig unterhalten. Trotz aber drängt ungestüm vorwärts, heim in den Stall.

Auf dem Weg zum Markt wurde er jedes Mal bockig, wenn der Vater auf ihm reiten wollte. Tapfer ertrug er Hiebe und Schläge. Er wich nicht vom Fleck. Benjamin aber weiß, wie man den Esel Trotz behandeln muss: Er krault ihn hinter dem Ohr, spricht ihm zu, lockt ihn mit

einer Distel vorwärts. Und Benjamin glaubt: Trotz ist ein besonderer Esel, hässlicher, stärker und eigenwilliger als alle anderen. Was sind dagegen die niedlichen Schäflein der Hirtenjungen? Wie schwächlich tönt ihr Gemecker gegen den kräftigen Schrei des Esels? Freilich, das Flötenspiel! Wenn die Hirten am Dorffest zusammen musizieren, wenn die Mädchen dazu tanzen, dann fühlt sich Benjamin ausgeschlossen, allein.

So auch in dieser Nacht, als ein großer Stern am Himmel erstrahlt. Benjamin ist soeben mit Trotz vom Markt heimgekehrt, will seinen Esel in den Stall führen und ihn füttern – da geht die Nachricht durchs Dorf: In einer nahen Höhle sei als Kind armer Leute der König des Himmels auf diese Welt gekommen.

Die Hirten suchen zusammen, was sie geben können: Milch, Brot, Käse, Honig … Der Händler denkt an warme Decken. Der Esel soll sie hintragen. Aber Trotz scheint damit nicht einverstanden. Begreiflich! Hat er nicht an diesem Markttag schon genug Lasten geschleppt? Trotz ist jetzt müde und hungrig. Er will in seinem Stall ausruhen und gemächlich sein wohlverdientes Futter verzehren. Was fällt Benjamin nur ein, ihn nochmals aufzustöbern? Und das zu ungewohnter, nächtlicher Zeit?

Trotz lässt sich von Benjamin mit seinen Liebkosungen, seinem Zureden und einem vor die Nase gehaltenen Grasbüschel zu einigen Schritten verlocken – dann aber bleibt er stehen: Er trotzt, wie er seinem jungen Meister gegenüber noch nie getrotzt hat.

Die Hirten sind vorausgeeilt. Benjamin und sein Vater bleiben zurück. Der Mann wird ungeduldig; er stößt und schlägt den Esel. Es nützt alles nichts. Da reißt er ihm die Decken vom Rücken, um sie selbst zu tragen. Zuletzt lässt auch Benjamin den widerspenstigen Esel stehen und folgt dem Vater. Er schluchzt vor sich hin, denn er kann ihn nicht mehr einholen.

Allein bleibt er eine Weile vor der Höhle stehen und lauscht. Er hört das Flötenspiel seiner Kameraden. Endlich wagt auch er sich unauffällig hinein.

Benjamin sieht das Kind im Schoß seiner Mutter, beleuchtet vom Schein der Laterne, die ein Mann hochhält, damit alle den Kleinen sehen können. Das ist so feierlich schön – und da geschieht es: Mitten ins liebliche Flötenspiel hinein ist von draußen der Schrei des Esels zu hören. Ein Misston! Benjamin wird rot im Gesicht, beißt sich auf die Lippen und ist dem Weinen nahe. Der Vater runzelt die Stirn und schüttelt den Kopf.

Aber das Kind? Es zappelt und jauchzt. Seine Mutter lächelt und nickt den Hirtenjungen zu. Sie kichern und spielen weiter. Wieder ertönt von draußen der kräftige Eselsschrei. Und das Kind gibt ihm jauchzend seine Antwort.

Endlich wünscht man, den seltsamen Sänger zu sehen. Benjamin führt ihn vor – mit Stolz: „Mein Esel Trotz!" Ohne Last ist er ihm jetzt willig gefolgt.

Wunderbar, wie er bewundert, gestreichelt und mit Futter verwöhnt wird!

Welch Geheimnis ist ein Kind

Welch Geheimnis ist ein Kind!
Gott ist auch ein Kind gewesen.
Weil wir Kinder Gottes sind,
kam ein Kind, uns zu erlösen.
Welch Geheimnis ist ein Kind!
Wer dies einmal je empfunden,
ist den Kindern aller Zeit
durch das Jesuskind verbunden.

Welche Würde trägt ein Kind!
Sprach „das Wort" doch selbst die Worte:
„Die nicht wie die Kinder sind,
gehen nicht ein zur Himmelspforte."
Welche Würde trägt ein Kind!
Wer dies einmal je empfunden,
ist den Kindern aller Zeit
durch das Jesuskind verbunden.

O wie heilig ist ein Kind!
Nach dem Wort von Gottes Sohne
alle Kinder Engel sind,
wachend vor des Vaters Throne.
O wie heilig ist ein Kind!
Wer dies einmal je empfunden,
ist den Kindern aller Zeit
durch das Jesuskind verbunden.

Clemens Brentano

Samuel und das Kind

Samuel ist groß und stark. Die Hirten lieben ihn nicht. Aber sie brauchen ihn, um schwere Lasten zu tragen.
Einmal fiel beim Bau eines Hauses ein schwerer Stein auf seinen Kopf. Er wurde verletzt. Seitdem ist sein Gesicht von einer Narbe derart entstellt, dass niemand ihn ansehen mag. Sein Gesicht ist nicht nur hässlich; es ist mit den Jahren immer finsterer geworden. Die Kinder stieben erschrocken auseinander, sobald seine dunkle, große Gestalt auftaucht. Denn ihre Eltern sagen: „Er ist ein böser Mann. Geht ihm aus dem Weg!" Sie tuscheln miteinander, er sei mit den Geistern im Bund. Geht er nicht nachts beim Mondschein allein über Wiesen und Hügel? Fort in eine verlassene Gegend?
Das ist sein Geheimnis: Während des Tages macht er manchmal seltene Kräuter ausfindig. Um Mitternacht

pflückt er sie. Denn er glaubt, der Mondschein gebe ihnen eine besondere Heilkraft.

In seiner einsamen Behausung braut er heimlich Getränke und mischt Salben. Es gelingt ihm, damit seine Schmerzen zu lindern. Niemand soll davon wissen. Wenn andere krank werden, hätte er sie vielleicht heilen können. Aber er denkt: Auch mir hat niemand geholfen. Sollen sie nur auch ihren Teil zu leiden haben!

Bis zu jener seltsam hellen Nacht: Es ist nicht der Mond. Da ist ein Stern, den er noch nie gesehen hat. Am Tag zuvor hat er einige seltene Kräuter entdeckt. Er sucht sie auf, pflückt sie, verbirgt sie in seiner Manteltasche und will damit nach Hause gehen. Da sieht er die Hirten, wie sie in großer Eile weglaufen. Es muss etwas Besonderes geschehen sein. Aber was geht das ihn an! Wenn sie beieinander sind, verstummt ihr Gespräch, sobald er kommt. Begegnet er einem von ihnen, sieht der auf die Seite.

Nur der Stern am Himmel scheint voll in sein Gesicht, funkelt auf, als winke er ihm. Samuel bleibt stehen und staunt. Da hört er ein Weinen. Vor ihm auf dem Weg beobachtet er ein kleines Mädchen. Es versucht immer wieder, auf die Beine zu kommen. Jetzt schreit es auf

und fällt hin. Zuerst will Samuel sich unbemerkt entfernen. Er denkt: Das Kind wird bei meinem Anblick erschrecken und noch lauter schreien. Aber wenn es nicht allein nach Hause gehen kann? Dann müsste es in dieser Nacht erfrieren. Samuel spürt so etwas wie Mitleid. Er nähert sich. Das Mädchen erschrickt nicht vor ihm. Als hätte der Sternenschein die hässliche Narbe in seinem Gesicht ausgewischt!

„Wo wohnst du? Ich will dich nach Hause tragen", sagt Samuel.

„Trage mich zum kleinen Kind in der Felsenhöhle! Dorthin wollte ich auch gehen wie die anderen. Aber ich habe ein lahmes Bein, bin gestolpert und hier liegengeblieben", schluchzt das kleine Mädchen.

Es müssen fremde Leute sein, wenn sie in der Felsenhöhle Unterkunft gesucht haben, überlegt sich Samuel. Und er trägt das Mädchen auf seinen starken Armen zur Felsenhöhle. Davor hat sich allerlei Volk versammelt. Auch die Hirten mit ihren Schafen sind dabei.

„Trage mich ganz nahe zu ihm hin!", bittet das Mädchen.

Im Innern der Höhle liegt es auf Stroh: ein kleines Kind. So geht Samuel geradewegs zu ihm hin und beugt sich

nieder, damit das Mädchen es ansehen kann. Und das Kind? Es schaut Samuel an. Dass es nicht erschrickt vor meinem hässlichen Gesicht!, wundert er sich. Wie das Kind ihn ansieht! Und jetzt lächelt es ihm zu.

Samuel greift nach den verborgenen Heilkräutern und gibt sie der Mutter des Kindes mit den Worten: „Wenn es einmal krank sein sollte …"

Dies ist die Nacht

Dies ist die Nacht, da mir erschienen
des großen Gottes Freundlichkeit.
Das Kind, dem alle Engel dienen,
bringt Licht in meine Dunkelheit.
Und dieses Welt- und Himmelslicht
weicht hunderttausend Sonnen nicht.

In diesem Lichte kannst du sehen
das Licht der klaren Seligkeit.
Wenn Sonne, Mond und Stern vergehen,
vielleicht noch in gar kurzer Zeit,
wird dieses Licht mit seinem Schein
dein Himmel und dein Alles sein.

Drum Jesu, schöne Weihnachtssonne,
bestrahle mich mit deiner Gunst.
Dein Licht sei meine Weihnachtswonne
und lehre mich die Weihnachtskunst,
wie ich im Lichte wandeln soll
und sei des Weihnachtsglanzes voll.

Kaspar Friedrich Nachtenhöfer

Das Kind in der Wüste

Der König beobachtete einen seltsamen Stern am Himmel. Seine Berater, einige weise Männer, deuteten ihn als Zeichen der Geburt des Messias; sie hatten die alten Schriften studiert.

Der Prinz wusste es auf seine Weise: Der Stern sprach zu ihm in seinen Träumen …

Als der König mit Gefolge zur großen Reise aufbrechen wollte, um den Verheißenen aufzusuchen und ihm zu huldigen – da war der Prinz mit einigen seiner Freunde schon bereit. Ja, er hatte an alles gedacht: Vorräte für eine lange Reise, Decken für kalte Nächte im Freien und reiche Geschenke für den Neugeborenen.

Sein Vater warnte ihn: Er sei noch zu jung und habe keine Ahnung von den Strapazen dieser Reise, von den Gefahren im unbekannten Land. Da es sogar für erfahrene Männer ein Wagnis bedeute … Wäre nicht der Stern!

Aber wenn eben dieser Stern auch die Jungen rief? Wer durfte sie zurückhalten?

Dennoch – auf dem beschwerlichen Weg durch die Wüste geschah es: Der beste Freund des Prinzen erkrankte und brauchte dringend Erholung und Pflege. Der Stern, der sie in die Einöde geführt hatte, war nicht mehr zu sehen. So hielten sie Rat.

Zum ersten Mal waren sie uneinig. Einer der Männer im Gefolge des Königs glaubte, die Gegend von früheren Reisen her zu kennen: Eine Oase konnte nicht allzu weit entfernt sein. Aber das war ein Umweg zur großen Stadt, die am Rande der Wüste liegen musste. Und war dort nicht am ehesten der Ort für den Palast eines mächtigen Herrschers? Wer strebte da nicht vorwärts, näher ans Ziel? So trennten sie sich.

Der Prinz begleitete den kranken Freund zur Oase. Seine anderen Freunde folgten ihm, als trüge er den Stern, der sie führte, in seinem Herzen.

Sie murrten nicht. Aber sie schüttelten die Köpfe, da er nach einer längeren Ruhepause in der Oase die Gastfreundschaft der Menschen dort allzu reichlich belohnte. Diese Leute waren arm. Sandstürme deckten ihre Gärten immer wieder zu. Ein hartes, mühsames Leben!

Der Stern war nicht mehr erschienen. Aber man konnte ihnen von der Oase aus die Richtung weisen, wo die große, ferne Stadt lag.

Und wieder wagten sie die Reise in die Wüste. Als sie dann endlich die Türme der Stadt in der Sonne funkeln sahen – da trieben sie ihre Kamele an zu schnellerem Gang. Und wieder geschah es, dass der Prinz anzuhalten befahl. Warum hatte er sich mit Wanderern eingelassen? Was gingen die ihn an? Freilich, sie schienen erschöpft und irgendwie verloren: der Mann und sein Esel, die zarte Frau mit dem Kind. Auf der Flucht? Wohin? In die Wüste hinein?

Er wolle sie in die Oase führen, sonst könnten sie sich verirren, beschloss der Prinz.

Zum ersten Mal widersetzten sich einige seiner Freunde: Wieder zurück? So nahe am Ziel?

Aber der Prinz ließ sich von seinem Vorhaben nicht abbringen. Der Stern in seinem Herzen!, dachte sein bester Freund, dem er das Leben gerettet hatte. Dieser lächelte den Fremden freundlich zu und gab der Frau mit dem Kind ein Zeichen, sich auf sein Kamel zu setzen. Der Mann ging mit seinem Esel dankbar nebenher.

Niedergeschlagen und enttäuscht unternahm die Karawane den Rückweg in die Oase.

Aber am ersten Abend, als sie ihre Zelte aufschlugen, erschien wieder der wunderbare Stern am Himmel.

Auch der König mit seinem Gefolge sah den Stern auf der Rückreise in sein Land.

So geschah es, dass er mit dem Prinzen und dessen Freunden zusammentraf. Und er erkannte in dem Kind den Messias, den er gesucht hatte.

Da staunten sie alle; denn dieses verheißene Kind war bei ihnen, mitten in der Wüste. Und der Stern über ihnen erstrahlte mehr und mehr.

Stille Nacht, heilige Nacht

Stille Nacht, heilige Nacht,
alles schläft, einsam wacht
nur das traute, hochheilige Paar,
holder Knabe mit lockigem Haar,
schlaf in himmlischer Ruh,
schlaf in himmlischer Ruh.

Stille Nacht, heilige Nacht,
Hirten erst kundgemacht.
Durch der Engel Halleluja
tönt es laut von fern und nah:
Christ, der Retter ist da!
Christ, der Retter ist da!

Stille Nacht, heilige Nacht,
Gottes Sohn, o wie lacht
Lieb aus deinem göttlichen Mund,
da uns schlägt die rettende Stund,
Christ, in deiner Geburt,
Christ, in deiner Geburt!

Joseph Mohr

Flucht in die Skorpionen-Höhle

Abseits des Hirtendorfes, nahe bei der Grenze, gab es eine Höhle. Sie wurde schon lange von keinem Menschen mehr betreten. Auch früher suchten die Hirten sie nur selten auf, etwa als Unterschlupf bei Unwetter. So wagten sich die Skorpione zwischen den Steinen hervor und nahmen die Höhle in Besitz. Sie genossen ihren Frieden: Niemand schlug mit Stöcken nach ihnen oder zertrat sie mit den Füßen. Denn ihre Stacheln waren gefürchtet.

Es war noch eine kleine Ratte dazugekommen: Auch sie wurde von den Menschen verfolgt und sollte als schädliches Tier vertilgt werden.

Eines Tages wand sich eine Schlange durch das Gestrüpp in die Höhle hinein und suchte darin Schutz vor Menschen, die das gefährliche Tier töten wollten.

Zuletzt kam ein alter Hund. Die Hirten hatten ihn mit

Fußtritten fortgejagt, weil er schwach und zur Bewachung der Herden untauglich geworden war.
Sie versuchten, miteinander zu leben: die Skorpione, die Ratte, die Schlange und der alte Hund.

Wenn da der Hunger nicht gewesen wäre! Er war eines Tages einfach nicht mehr auszuhalten: Der Hund bekam Lust, die Schlange zu beißen. Die Schlange hätte gern die Ratte verschlungen. Die Skorpione machten ihre Stacheln bereit, um die Eindringlinge zu vertreiben: Sie waren zuerst in der Höhle gewesen und außerdem in der Mehrzahl.
Da horchte der Hund auf. Er hörte es zuerst: Jemand näherte sich der Höhle. Menschen. Ihr gemeinsamer Feind! Jetzt wollten die Tiere zusammenhalten:
Der Hund entfernte sich ein wenig von der Höhle und begann leise und böse zu knurren. Die Schlange mit ihrem Giftzahn legte sich vor den Eingang. Die Skorpione machten sich mit ihren Stacheln kampfbereit. Die kleine Ratte wartete in einer dunklen Ecke.

Es waren Flüchtlinge: ein Mann und eine Frau mit ihrem kleinen Kind. Die Hirten hatten ihnen die Richtung

zur Skorpionen-Höhle gezeigt, damit sie sich darin verbergen konnten, denn die Verfolger waren schon hinter ihnen her.

Die Frau sah den verwahrlosten Hund und sagte: „Die Hirten haben uns Nahrungsmittel mitgegeben. Auch der Hund leidet Hunger."

Das Gesicht des Mannes war bekümmert. Aber er nickte und nahm die Hirtentasche von der Schulter. Als er sie öffnete, näherte sich das halb verhungerte Tier. Der Mann sprach ihm freundlich zu. Es schnappte nach dem ihm zugeworfenen Bissen und verschlang ihn gierig. Darauf ging der Hund ihnen voraus. So fanden sie die Höhle.

Die Schlange hatte sich in die Nähe der Ankömmlinge geschlichen. Sie konnte beobachten, wie der Hund gefüttert wurde. Deshalb gab sie den Eingang in die Höhle frei. Abwartend ringelte sie sich unter einem Gebüsch davor zusammen.

Der Mann betrat die Höhle zuerst. Er wandte sich um und warnte: „Skorpione! Sie könnten unser Kind stechen. Ich muss sie mit dem Stock herunterschlagen und töten." Aber die Frau schüttelte den Kopf und meinte:

„Wenn wir sie in Ruhe lassen, werden sie uns nicht angreifen."

Sie waren daran, sich in der Höhle einzurichten. Da jauchzte das Kind auf: Die kleine Ratte hatte sich neugierig aus ihrem Winkel hervorgewagt. Die Frau erschrak: Ratten? Dann aber dachte sie: Die Ratten sind für mein Kind weniger gefährlich als unsere Verfolger. Der Mann sagte zuversichtlich: „Vorläufig haben wir ein gutes Versteck gefunden. Vielleicht können wir von hier aus bald über die Grenze fliehen."

Da hörten sie den Hund vor dem Eingang knurren. Und jetzt begann er, laut und zornig zu bellen. Der Mann eilte hinaus, um ihn zu beschwichtigen: „Verrate uns nicht!" Dann hastete er in die Höhle zurück. Er stellte sich schützend vor Frau und Kind.

Schon erschien vor dem Eingang ein junger Krieger. Viele Kinder hatte er bei seinem Erscheinen aufschreien hören. Dieses Kind schrie nicht. Es kroch ihm auf dem Boden entgegen und sah zu ihm auf.

Das Kind einer neuen Zeit? Inmitten gefährlicher Tiere, die ihm nichts zuleide taten – so wie es verheißen war! Er ging und verriet die Entdeckung der Höhle nicht. Er bewahrte sie als sein Geheimnis.

Vom Himmel hoch, da komm ich her

Vom Himmel hoch, da komm ich her.
Ich bring euch gute neue Mär,
der guten Mär bring ich so viel,
davon ich singen und sagen will.

Euch ist ein Kindelein heut geborn
von einer Jungfrau auserkorn,
ein Kindelein, so zart und fein,
das soll euer Freud und Wonne sein.

Es ist der Herr Christ, unser Gott,
der will euch führn aus aller Not,
er will eu'r Heiland selber sein,
von allen Sünden machen rein.

Er bringt euch alle Seligkeit,
die Gott der Vater hat bereit',
dass ihr mit uns im Himmelreich
sollt leben nun und ewiglich.

So merket nun das Zeichen recht:
die Krippe, Windelein so schlecht,
da findet ihr das Kind gelegt,
das alle Welt erhält und trägt.

Des lasst uns alle fröhlich sein
und mit den Hirten gehn hinein,
zu sehn, was Gott uns hat beschert,
mit seinem lieben Sohn verehrt.

Martin Luther

Der verheißene Stern

Es kommt die Zeit, da ein kleiner Stern am Himmel groß und größer wird …
Der König hörte es von weisen Männern und dachte: Mein Glücksstern! Das ist die Nacht, in der ich siegen werde im Kampf mit meinen Feinden. Er hielt ein großes Kriegsheer bereit. Jede Nacht standen seine Sterndeuter auf den Türmen des Palastes.

Es kommt eine Nacht, da wird ein Stern aus seiner Bahn fallen …
Der reiche Kaufmann hörte es auf seinen Reisen. Er dachte: Mein Weg führt mich durch die Wüste. Dort leuchten die Sterne besonders klar. Ich werde den Goldstern fallen sehen. Wer ihn findet, wer ihn besitzt, ist reicher als alle anderen.
Er ritt auf seinem Kamel durchs Stadttor hinaus. Sein Gewand aus teuersten Stoffen schimmerte in der Abendsonne. Vor ihm zog ein Esel mühsam seinen Karren über

den holprigen Weg. Er konnte dem stolzen Kamel nicht schnell genug ausweichen. Beinahe wäre das Fuhrwerk umgekippt.

Man hatte die fahrenden Leute nicht eingelassen in die Stadt. Der Esel war müde und stand still. Da stieg die Frau vom Karren, damit die Last leichter würde. Sie hüllte ihr Kind in Wolldecken und nahm es an sich. Dann tätschelte sie den Hals des Esels, kraulte ihn hinter den Ohren und sprach ihm zu. Endlich zog er langsam und geduldig weiter. Er ließ den Kopf schwer hängen. Wie hätte er den Stern sehen können?
Die Frau aber schaute auf: Ein kleiner Stern wurde groß und größer am Himmel. Die anderen Sterne waren wie aufgeschluckt von der Nacht. Der Mond hatte sich hinter dem Hügel verborgen. Es wurde hell und heller auf dem Weg. Da hob auch der Esel den Kopf.
Das Kind war erwacht, es klatschte in die Hände und zeigte auf die Stadt: Sie war zusammengeschrumpft, die Soldaten davor, die Sterndeuter auf den Türmen waren erstarrt und klein geworden, ganz klein. Wie Kinderspielzeug! Ein unbedeutender Ort!
Der Esel strebte auf einmal ungeduldig vorwärts. Er

warf den Kopf hoch wie ein übermütiges Pferd. Mutter und Kind setzten sich schnell in den Karren hinein. Der Esel begann zu rennen. Der Mann hatte gerade noch Zeit, sich auf seinen Rücken zu schwingen.

Der Stern schien auf den Weg, als wäre es heller Tag. Einmal hielt der Mann den Esel an: Er sah vor sich, mitten auf dem Weg, ein Kamel mit Reiter, klein und steif wie aus Holz. Feiner Stoff schimmerte. Der reiche Kaufmann? Wenn der Esel ihn zertreten hätte?

Mann und Frau fühlten sich nicht mehr müde. Sie riefen einander frohe Worte zu. Der Esel lief wie beflügelt – bis der große Stern gegen Morgen klein und kleiner wurde. Sein Licht war verblasst.

Das Kind erwachte und begann zu weinen. Der Esel stand still. Er war müde und hungrig. Kein Zureden half mehr, ihn vom Fleck zu bringen. Ein sehr alter Esel!

Erschöpft ruhten sich die Fahrenden im Schatten einer Palme aus. Vor ihnen lag der Weg durch die große Wüste. Da sahen sie ihn wieder, den reichen Kaufmann auf seinem Kamel, groß und prächtig. Suchte auch er den Schatten der Palme? Sie wollten ihm ihren Platz überlassen und weiterziehen. Er aber hielt sie zurück und lud

sie ein, sich von seinen Vorräten zu stärken. Darüber wunderten sie sich. Und die Frau begann zu erzählen von einem kleinen Stern, der groß und größer geworden war am Himmel …

Der fremde Kaufmann erschrak und dachte: So habe ich es also nicht nur geträumt? Von einem großen, starken Esel, der mich auf meinem kleinen, schwachen Kamel beinahe zertreten hätte? Und wenn er wiederkäme, jener Stern, der Kleines in Großes, Schwaches in Starkes verwandelt? Und ich selbst klein und verloren mitten in der Wüste?

So kam es, dass sie miteinander ihren langen Weg durch die Wüste wagten. Der Esel trottete ohne Last neben dem Kamel her, auf dem ein jauchzendes Kind Platz gefunden hatte.

Zu Betlehem geboren

Zu Betlehem geboren
ist uns ein Kindelein:
Das hab ich auserkoren,
sein Eigen will ich sein.
Eia, eia, sein Eigen will ich sein.

In seine Lieb versenken
will ich mich ganz hinab;
mein Herz will ich ihm schenken
und alles, was ich hab.
Eia, eia, und alles, was ich hab.

O Kindelein, von Herzen
dich will ich lieben sehr
in Freuden und in Schmerzen,
je länger und je mehr.
Eia, eia, je länger und je mehr.

Dazu dein Gnad mir gebe,
bitt ich aus Herzensgrund,
dass dir allein ich lebe
jetzt und zu aller Stund.
Eia, eia, jetzt und zu aller Stund.

Dich wahren Gott ich finde
in meinem Fleisch und Blut,
darum ich fest mich binde
an dich, mein höchstes Gut.
Eia, eia, an dich, mein höchstes Gut.

Lass mich von dir nicht scheiden,
knüpf zu, knüpf zu das Band:
Die Liebe zwischen beiden
nimmt hin mein Herz zum Pfand.
Eia, eia, nimmt hin mein Herz zum Pfand.

Friedrich Spee

Weihnachten –
DAS FEST DER FREUDE

Sandra und das Weihnachtslicht

"Schicke die Männer jetzt fort!", drängt Sandra und zupft ihre Mutter am Ärmel.
Die Wirtin im Gasthof „Zum Ochsen" hat heute noch weniger Zeit für ihr Kind als an anderen Tagen. Die Männer sind an diesem 24. Dezember ungeduldiger als sonst. Sie leeren hastig ihre Gläser und wollen sie sofort wieder gefüllt haben. Sie erhitzen sich beim Kartenspiel. Hin und wieder schlägt eine Faust auf den Tisch, dass die Gläser klirren.
An der Theke wartet Bert mit dem leeren Glas. Er hat Sandras Worte gehört. Sein Gesicht ist rot. Er hat schon zu viel getrunken. Jetzt fährt er auf: „Fortschicken, immer fortschicken!" Die Mutter schiebt Sandra zur Tür hinaus in den Gang und schimpft: „Du weißt, dass ich dich in der Wirtschaft nicht sehen will. Du sollst oben in der Wohnung bleiben und auf mich warten."
„Du hast gesagt, wenn es dunkel wird, schickst du die

Männer fort. Und jetzt dunkelt es. Es dunkelt. Es dunkelt!", ruft Sandra laut im Treppenhaus. Aber die Mutter achtet nicht darauf.

Heiliger Abend. Sandra steht allein am Fenster der Wohnung. Sie blickt hinaus. Unten im Tal flammen immer mehr Lichter auf – wie Kerzen an einem riesigen Christbaum, der immer strahlender wird.

Unten in der Gaststube sieht es nicht nach Weihnachten aus. Nur mit Mühe bringt die Wirtin die Männer aus dem Haus. Sie scheinen den Zettel an der Tür mit Absicht zu übersehen: Am 24. Dezember ab 17 Uhr geschlossen. Ein Tannenzweig hängt darüber und erinnert schüchtern an Weihnachten. Bert will davon nichts wissen. Er bleibt hartnäckig sitzen.

Sandra sieht durchs Fenster, wie die Männer unten auseinandergehen. Einer stolpert und flucht. Ein anderer grölt: „Stille Nacht, heilige Nacht …" und wankt dabei hin und her. Sandra kennt das Lied. Sie hat es in der Schule gelernt.

„Sie sind gegangen. Jetzt können wir Weihnachten feiern!", jubelt sie und wagt sich wieder hinunter in die Wirtschaft. Noch immer sitzt Bert am Tisch und stiert ins leere Glas. Die Wirtin versucht ihn aufzurütteln. Sie

droht ihm mit der Polizei. Es nützt nichts. „Warum geht der Mann nicht weg? Hat er daheim keinen Christbaum?", fragt Sandra. Bert zuckt zusammen und lässt den Kopf auf den Tisch sinken.

Die Wirtin nimmt das Kind an der Hand: „Gehen wir essen! Es ist Zeit für deine Weihnacht."

Unter dem Christbaum kommt keine rechte Weihnachtsfreude auf. Sandra hat die neue Puppe bewundert, ihr die Kleider ausgezogen, wieder angezogen und sie in den Sessel gesetzt. Dann liest sie der Mutter aus dem neuen Buch vor. Nach zwei Zeilen blickt sie auf und fragt: „Was tut der Mann unten in der Wirtschaft?"

„Er schläft seinen Rausch aus", sagt die Mutter.

„Dann hat er ja nichts von Weihnachten."

„Pah, der will doch nichts von Weihnachten wissen."

Sandra liest wieder ein paar Zeilen, dann fragt sie: „Hat er denn keine Frau?"

„Sie ist von ihm weggegangen. Klar! So ein Trinker, wie der ist!"

„Hat er kein Kind?"

„Es ist im Kinderheim. Er hat ihm bestimmt nicht einmal ein Weihnachtsgeschenk gekauft. Da er doch seinen ganzen Lohn vertrinkt!"

„Warum füllst du ihm denn immer wieder das Glas?"
Die Mutter schweigt. Die Kerzen sind beinahe niedergebrannt. Sie flackern und werfen Schatten an die Wände und an die Decke.

Sandra erwacht in der Morgenfrühe. Es ist noch dunkel und sehr still. Ist wohl der Mann noch immer unten in der Wirtschaft? Sie schlüpft aus dem Bett und öffnet leise die Tür zur Stube. Da steht der Christbaum im ersten schwachen Licht des Morgens. Es gelingt Sandra, die dicke Kerze bei der Krippe zu entzünden. Sie trägt sie im Ständer vorsichtig in den Gang hinaus, die Stiege hinunter. Vor der Tür zur Gaststube lauscht sie und nickt: Der Mann ist noch drinnen und schläft jetzt. Sein Schnarchen ist sogar im Gang zu hören. Die Flamme der Kerze bebt. Sandra drückt die Tür auf, stellt die Kerze auf den Tisch neben das leere Glas und huscht hinaus.

Hinter der halb offenen Tür beobachtet sie den Mann, der sich jetzt aufrichtet von der Bank, mit der Hand über die Stirne fährt und stöhnt. Dann erschrickt sie, denn er beginnt laut zu reden und schlägt sich dabei an den Kopf. Er sinkt in sich zusammen und schluchzt. Sandra hastet die Stiege hinauf. Da steht die Mutter.

„Was tust du dort unten?", fragt sie streng.

„Er weint. Warum weint er?"

„Das kennt man!", sagt die Mutter ungerührt. „Er hat seinen Rausch ausgeschlafen. Vielleicht ist er jetzt vernünftig geworden. Ich möchte ihn endlich hinausbringen." Doch so einfach ist das nicht. Jetzt, da die Kerze brennt. Das Weihnachtslicht von Sandra! Bert hat sich an sein eigenes Kind erinnert.

Die Wirtin macht ihm Vorwürfe: „Nicht einmal ein Weihnachtsgeschenk hast du ihm ins Kinderheim geschickt. So ein Vater!"

Bert klaubt seinen Geldbeutel aus der Jackentasche. Er überreicht ihn der Wirtin mit den Worten: „Nimm heraus, was du brauchst, um ein Geschenk zu kaufen. Ein schönes Geschenk für meine kleine Tochter! Sie soll wissen, dass sie einen Vater hat."

„Zu spät", sagt die Wirtin schroff, „die Läden sind heute alle geschlossen." Bert stützt den Kopf in die Hände und blickt finster vor sich hin.

„Nicht einmal ein Weihnachtsgeschenk von seinem Vater!", beginnt die Wirtin von Neuem.

„Hör auf, mich zu quälen!", jammert Bert. Er steht schwerfällig auf.

Es ist mir klar, wohin er jetzt geht, überlegt die Wirtin.

Nicht alle Wirtshäuser sind heute geschlossen. Er wird sich wieder betrinken.

„Die Puppe!", ruft Sandra. „Er muss die neue Puppe mitnehmen für sein Kind." Sie verschwindet durch die Tür.

„Warte!" Die Wirtin nötigt Bert, sich nochmals zu setzen. „Etwas Warmes kann dir nicht schaden nach der vergangenen Nacht."

„Du hast ein hübsches kleines Mädchen", lobt Bert. Die Wirtin lächelt geschmeichelt. Sandra erscheint mit der Puppe im Arm.

„Wie heißt dein Kind?", will die Wirtin von Bert wissen.

„Sonja!", antwortet er versonnen. Der Schein der Kerze liegt auf seinem Gesicht.

Er ist nicht böse, aber traurig, denkt Sandra und singt leise: „Sonja und Sandra! Sonja und Sandra!" Sie läuft der Mutter entgegen. Diese trägt eine Tasse Kaffee herbei, stellt sie vor Bert hin und meint: „Du holst deine Sonja am besten gleich aus dem Kinderheim her zu uns. Ich werde mit der Heimleitung telefonieren."

Bert fragt ungläubig: „Das wird wohl nicht dein Ernst sein?"

Sandra jubelt: „Dann zünden wir alle Kerzen am Christbaum nochmals an."

Weihnachtslied

Vom Himmel in die tiefsten Klüfte
ein milder Stern herniederlacht;
vom Tannenwalde steigen Düfte
und hauchen durch die Winterlüfte,
und kerzenhelle wird die Nacht.

Mir ist das Herz so froh erschrocken:
Das ist die liebe Weihnachtszeit!
Ich höre fernher Kircheglocken
mich lieblich heimatlich verlocken
in märchenstille Herrlichkeit.

Ein frommer Zauber hält mich wieder,
anbetend, staunend muss ich stehn.
Es sinkt auf meine Augenlider
ein goldner Kindertraum hernieder.
Ich fühl's, ein Wunder ist geschehn.

Theodor Storm

Andreas findet das Christkind

Sie sind auf dem Weg zur Weihnachtsmesse in der Kirche: Vater, Mutter und Andreas. Die beiden Kinder schauen ihnen durchs Fenster nach. Maria atmet auf: „Ich hatte schon Angst, dass Andreas hier bleibt. Heute fluchte er den ganzen Tag im Stall herum, schimpfte über die Weihnacht der Reichen und schlug auf den Esel ein. So ein Grobian …"

Josef unterbricht sie: „Wenn du Maria sein willst, darfst du nicht so von deinem großen Bruder reden."

Maria wühlt eifrig in Mutters Truhe. Sie drängt: „Fangen wir mit unserem Weihnachtsspiel an! Wo ist das blaue Tuch? Maria trägt einen blauen Schleier, ich habe es in der Kirche gesehen." Endlich! Sie zieht das Tuch voll Freude heraus. Aber die Nähschachtel fliegt mit: Nadeln, Faden und Wollknäuel liegen zerstreut herum. „O weh, bis ich das wieder eingeräumt habe, kommen die andern schon bald zurück."

Josef geht in den Stall. Der Ochse hebt den Kopf und dreht ihn zu einer der Futterkrippen. Josef reinigt sie, schüttet frisches Stroh hinein und breitet ein Tuch darüber. Dann führt er den Esel an die Stelle, wo er ihn haben will. „Ochs und Esel sind bereit. Es fehlt nur noch das Christkind", ruft er.

„Und ich fehle auch", meint Maria. Sie wirft sich das blaue Tuch über den Kopf, holt die kleine Schwester aus ihrem Bettchen und erscheint mit ihr in der Stalltür.

„Wie die richtige Maria siehst du aus", sagt Josef bewundernd. Er hat sich Vaters Hirtenpellerine um die Schultern gelegt und das Licht der Stalllaterne auf sie gerichtet. Maria trägt das Baby zur Krippe. Da beginnt es zu schreien, durchdringend und immer lauter.

Maria wird ungeduldig: „Hör auf mit deinem Geheul!"

Josef kommt dazwischen: „Schämst du dich nicht, das Christkind so zu behandeln? Und du willst Maria sein!"

„Wenn es unser Spiel verdirbt?" Maria beginnt zu weinen. Josef eilt in die Küche, steigt auf einen Stuhl und langt nach dem Honigtopf auf dem obersten Regal. Der Krug rutscht ihm aus den Händen und liegt in Scherben

auf dem Boden. Aber für Josef ist nur eines wichtig: Er steckt den Zipfel eines Tuches in den Honig und läuft in den Stall zurück. Eine gute Idee! Das Kind beruhigt sich.

Das Weihnachtsspiel kann beginnen:

Josef: „Jesuskind, ich verstehe dich gut, wenn du heulst. Dir kann es ja nicht gefallen auf dieser lumpigen Welt."

Maria: „Rede bitte nicht wie unser großer Bruder!"

Josef: „Jesuskind, du bist Besseres gewohnt. Du kommst schnurstracks aus dem Himmel und musst jetzt in der harten Krippe liegen. Die reichsten Eltern und alle Schätze der Erde wären dein, wenn du nur das Ärmchen ausstrecken wolltest. Ich weiß, aus Liebe bist du ein armes Kind geworden, eines wie wir.

Langohr, jetzt bist du dran …"

Maria: „Was fällt dir ein? Vor dem Esel komme ich. Jesuskind, ich habe dich gern. Ich will gut aufpassen, dass dich der böse Herodes nicht erwischt.

Und jetzt kann Langohr reden."

Esel (mit der Stimme des Josef): „Jesuskind, in der Heiligen Nacht wollen auch wir Tiere mit dir reden, denn du liebst auch sie. Ochs und Esel sind die Ersten, die dich in der Krippe anschauen dürfen."

Maria: „Sag dem Christkind nur, wer dich so viel schlägt!"

Josef: „Jesus, nimm meinem großen Bruder Andreas die Peitsche aus der Hand! Du weißt ja, wie weh die Peitschenhiebe tun. Damals, als die Soldaten …"

Maria schreit gellend auf. Sie wirft ihr Tuch weg und rennt aus dem Stall: „Es guckt einer zum Fenster herein, ich sah es ganz deutlich."

„Ein Soldat des Herodes?"

„Herodes will das Christkind töten lassen."

Josef trägt das Kind aus dem Stall und legt es in sein Bettchen: „Du musst dich nicht fürchten, wir sind nach Ägypten geflohen. Herodes findet dich nicht."

Draußen steht Andreas, an die Wand des Stalles gelehnt. Vor der Kirche ist er umgekehrt. Er glaubt nicht an ein Christkind. Dann hat er das Licht im Stall gesehen, durchs Fenster geschaut und das Weihnachtsspiel angehört.

Die Eltern kommen heim. Das Schwesterchen schreit noch immer. Die Mutter wiegt es auf den Armen. Sie weiß, es geht eine böse Krankheit um. Kleine Kinder sterben. Andreas steht stumm und finster hinter der Mutter. Endlich sagt er: „Ich gehe den Arzt holen."

Der Vater wendet ein: „Der Weg ist gefährlich. Geh morgen in der Früh!" Doch Andreas ist schon draußen.

Der Arzt kommt noch zur rechten Zeit: Die Kleine kann wieder gesund werden.

„Du hast unser Kind gerettet, ich danke dir", sagt die Mutter.

Andreas dreht sich um und geht allein in den Stall. Da steht der Esel. Andreas presst sein Gesicht ins struppige Fell und weint.

Morgen, Kinder, wird's was geben

Morgen, Kinder, wird's was geben,
morgen werden wir uns freun.
Welch ein Jubel, welch ein Leben
wird in unserm Hause sein.
Einmal werden wir noch wach,
heißa, dann ist Weihnachtstag.

Wie wird dann die Stube glänzen
von der großen Lichterzahl,
schöner als bei frohen Tänzen
ein geputzter Kronensaal!
Wisst ihr, wie im vorigen Jahr
es am Weihnachtsabend war?

Wisst ihr noch mein Räderpferdchen,
Malchens nette Schäferin,
Jettchens Küche mit dem Herdchen
und dem blank geputzten Zinn?
Heinrichs bunten Harlekin
mit der gelben Violin?

Wisst ihr noch die Scherenschnitte
und die Hirten vor dem Stall?
Eine Puppe für Brigitte
und für mich den bunten Ball?
Franzls neue Eisenbahn
und das viele Marzipan?

Wisst ihr noch den großen Wagen
und die schöne Jagd von Blei?
Unsre Kleiderchen zum Tragen
und die viele Näscherei?
Meinen fleiß'gen Sägemann
mit der Kugel unten dran?

Wisst ihr, wie wir Lieder sangen
unterm bunten Weihnachtsbaum?
Wie vom Turm die Glocken klangen?
Alles war uns wie im Traum.
Wisst ihr noch vom vorigen Jahr,
wie's am Weihnachtsabend war?

Welch ein schöner Tag ist morgen!
Neue Freuden hoffen wir.
Unsre guten Eltern sorgen
lange, lange schon dafür.
O gewiss, wer sie nicht ehrt,
ist der ganzen Lust nicht wert.

Überliefert

Der Weihnachtsstern

Es war einmal ein sehr kleines Dorf, nur ein paar Häuser groß. Aber darüber strahlte ein Stern. Besonders groß leuchtete er an Weihnachten. Dann zogen Männer, Frauen und Kinder mit Kerzen zum nahen Wald. Mitten in den Tannen stand eine Kapelle. Darin war die Krippe aufgestellt: Maria und Josef, das Jesuskind, Hirten und Schafe, Esel und Ochs. Die Kinder sangen Weihnachtslieder. Aus dem Gebüsch äugte hin und wieder ein Reh. Die Hasen stellten sich auf die Hinterbeine und lauschten. Eichhörnchen turnten die Äste herab. Oben in den Zweigen begannen die Vögel zu zwitschern, mitten in der Nacht.

Die Jahre gingen vorbei. Wieder wurde es Weihnachten. Aber man sah den Stern nicht mehr. Andere Lichter glänzten und blendeten. Das kleine Dorf war verändert: Da standen neue, höhere Häuser. Eine Autobahn führte an ihnen vorbei. Es gab jetzt auch ein Hotel mit ei-

nem großen Saal. Darin stand ein mächtiger Christbaum, von elektrischen Kerzen beleuchtet. Große Kugeln schillerten. Geschenkpakete hingen an den Ästen. Es wurde gegessen, getrunken und getanzt bis weit über Mitternacht hinaus. Die Menschen vergaßen den Stern. Und die Jahre gingen vorbei. Wieder einmal wurde es Weihnachten. Viele Lichter funkelten: auf der Autobahn, in den Häusern, im Saal, am riesigen Christbaum. Um Mitternacht gingen plötzlich alle Lichter aus. Was war geschehen? Ein Kurzschluss? Ein Streik im Elektrizitätswerk? Zuerst gab es ein Durcheinander, ein Stoßen, Drängen, Jammern und Fluchen. Auf einmal wurde es ein wenig hell. Der Stern! Er stand über dem Wald und strahlte. Die älteren Leute erinnerten sich: der Weihnachtsstern. Sie begannen zu erzählen: vom Wald, von der Kapelle mit der Krippe und dem Stern darüber. Zuletzt zogen sie alle zum Wald.

Vor der Kapelle stand ein Mann mit einer Laterne. Er erzählte: „Wir kommen von weither, meine Frau und ich, mit dem kleinen Kind. Wir waren müde und hungrig und fragten im Hotel nach Unterkunft. Es gab dort keinen Platz mehr für uns. So mussten wir uns hier einrichten für die Nacht."

Im Schein der Laterne, durch die halb offene Tür, sah man die Frau mit dem kleinen Kind. „Das ist die Weihnachtsgeschichte", sagten die Kinder und staunten. Und die Erwachsenen hatten verstanden.

Alle Jahre wieder

Alle Jahre wieder
kommt das Christuskind
auf die Erde nieder,
wo wir Menschen sind.

Kehrt mit seinem Segen
ein in jedes Haus.
Geht auf allen Wegen
mit uns ein und aus.

Steht auch mir zur Seite
still und unerkannt,
dass es treu mich leite
an der lieben Hand.

Wilhelm Hey

Ein Geschenk für das Christkind

Im Warenhaus liegen in einer Schachtel Christbaumkugeln und Weihnachtsglocken. Das Papier knistert. Eine rote Kugel funkelt auf: „Ich brauche mehr Platz, denn ich bin geschaffen für einen mächtigen Baum in einem großen Saal."

Ein Glöckchen drückt sich in die Ecke. Schüchtern sagt es: „Nur an einem ganz kleinen Baum möchte ich hängen, doch so, dass ich das Jesuskind in der Krippe gut sehen kann."

„Du kleine Bimbel, du! An den hintersten Ast wird man dich hängen!" Wie sie funkelt, die rote Kugel! Sie stößt das Glöckchen noch mehr in die Ecke. Da – oh weh – die Wand der Schachtel gibt nach und Bimbel purzelt hinaus. „Bim-bim", klagt das Glöckchen. Es ist hinter den Verkaufstisch gefallen.

Unter dem Tisch ist es dunkel. „Niemand wird mich an ein Bäumchen hängen. Ich bin viel zu klein. Zudem bin

ich jetzt staubig geworden und eine Beule habe ich auch", seufzt Bimbel.

Es sieht die Füße der Leute, die Christbaumschmuck kaufen. Zuerst sind es viele, dann kommen immer weniger, zuletzt nur noch vier: zwei mit großen und zwei mit kleinen Schuhen. Jetzt sind sie ganz nahe vor dem Tisch. Ein riesiger Besen fährt daher, packt Bimbel und schleudert es in eine Schaufel.

„Sieh doch das Glöckchen!", frohlockt ein Junge.

Die Frau nimmt Bimbel in die Hand und sagt: „Es hat eine Beule. Du darfst es behalten, Tobias. Doch jetzt müssen wir noch die Schuhe putzen." Tobias steckt das Glöckchen in seine Hosentasche. Wieder wird es dunkel um Bimbel.

„Alles ist schon für Weihnachten geschmückt!", ruft der Junge aus, als sie in die Schulhalle kommen. Bimbel äugt aus der Tasche. Wahrhaftig. Der große Baum ist prächtig geschmückt. Darunter steht die Krippe. Tobias kauert sich davor und denkt: „Das Jesuskind hat nichts: kein Spielzeug, nicht einmal ein richtiges Bett."

Tobias zieht Bimbel, dann eine Schnur aus seiner Tasche heraus. Er bindet das Glöckchen einem Schaf um den Hals. Jetzt ist Bimbel dem Jesuskind ganz nah.

Über dem Dach des Stalles hängt die rote Kugel. Sie beugt sich neugierig über das Dach, sieht Bimbel und vergisst vor Staunen, sich am Ast festzuhalten.
Klirr, klirr – sie zerbricht am Boden in viele kleine Scherben.

Christkind

Die Nacht vor dem Heiligen Abend,
da liegen die Kinder im Traum;
sie träumen von schönen Sachen
und von dem Weihnachtsbaum.

Und während sie schlafen und träumen,
wird es am Himmel klar,
und durch den Himmel fliegen
drei Engel wunderbar.

Sie tragen ein holdes Kindlein,
das ist der Heil'ge Christ;
es ist so fromm und freundlich,
wie keins auf Erden ist.

Und wie es durch den Himmel
still über die Häuser fliegt,
schaut es in jedes Bettchen,
wo nur ein Kindlein liegt.

Und freut sich über alle,
die fromm und freundlich sind;
denn solche liebt von Herzen
das liebe Himmelskind.

Wird sie auch reich bedenken
mit Lust aufs allerbest'
und wird sie schön beschenken
zum lieben Weihnachtsfest.

Heut schlafen noch die Kinder
und sehn es nur im Traum,
doch morgen tanzen und springen
sie um den Weihnachtsbaum.

Robert Reinick

Laura möchte Weihnachten feiern

Über der Straße hängen viele Sterne. Die Schaufenster sind festlich geschmückt.
„Mama, komm! Auch wir wollen Weihnachten feiern."
„Aber Laura! Es ist noch viel zu früh. Du weißt doch, ich gehe jetzt ins Adventskonzert. Dein Bruder Felix wird gleich da sein."
Wozu so lange warten?, denkt Laura.
Sie geht ins Wohnzimmer.
Wieder sieht sie durchs Fenster die Sterne über der Straße glänzen. Weihnachtssterne! Laura sieht auch den Christbaum auf dem Balkon gegenüber, einen anderen vor dem Haus an der Ecke. Sie reißt begeistert das Fenster auf. Weihnachten!

Verschlossen im Schrank weiß Laura ein Geschenk für sich versteckt. Sie findet den Schlüssel unter dem Tep-

pich. Und die erste Kerze auf dem Tisch soll brennen. Heute! Die Weihnachtskerze.

Die Mutter ist gegangen. Bald wird Felix kommen. Laura hat aus der Küche Zündhölzer geholt. Die Kerze brennt. Laura hat das Geschenk im Schrank gefunden. Es liegt neben der Kerze. Das Papier ist aufgerissen. Ein Teddybär! Sie schaut durchs offene Fenster, wartet auf Felix. Die Sterne über der Straße schwanken im Wind. Der Christbaum an der Ecke ist umgefallen. Und jetzt stürzt sich der Wind ins Zimmer herein: „Alles rennt und hastet und hetzt. So tanzt auch ihr, ihr Lichter der Weihnacht! So hüpfe auch du, kleine Kerze! Wer will schon warten und sie hören, die alte Geschichte von der ersten Weihnacht?"

Die Kerze zuckt zusammen. Sie wehrt sich: „Lass mich in Ruh!" Aber schon hüpft die Flamme zum Geschenkpapier. Laura schreit auf und läuft aus dem Zimmer. Im Flur stößt sie mit Felix zusammen. Gut, dass Felix da ist! Er reißt die Kissen vom Sofa, wirft sie über den Tisch und deckt alles zu: die ganze Weihnacht von Laura. Er atmet auf: „Wir haben Glück gehabt."

Die Mutter kommt ins Zimmer herein. Laura beginnt laut zu weinen. Und dann – zündet die Mutter die Ker-

ze selbst noch einmal an. Sie sagt: „Es ist eine Adventskerze." Und sie beginnt zu erzählen: von jener Zeit, da die Menschen gewartet haben, lange, lange, auf die erste Weihnacht.

Weihnachten

Markt und Straßen stehn verlassen,
still erleuchtet jedes Haus,
sinnend geh ich durch die Gassen,
alles sieht so festlich aus.

An den Fenstern haben Frauen
buntes Spielzeug fromm geschmückt,
tausend Kindlein stehn und schauen,
sind so wunderstill beglückt.

Und ich wandre aus den Mauern
bis hinaus ins freie Feld.
Hehres Glänzen, heil'ges Schauern,
wie so weit und still die Welt!

Sterne hoch die Kreise schlingen;
aus des Schnees Einsamkeit
steigts wie wunderbares Singen –
o du gnadenreiche Zeit!

Joseph von Eichendorff

Der krumme Christbaum

Martin hatte den Heimeltern bis jetzt nie Schwierigkeiten bereitet. Ja, er schien viel verständiger und zufriedener als die anderen Kinder. Er murrte selten. Sie beachteten zu wenig, dass er sich mehr und mehr absonderte.

Früher machte er beim Fußballspielen eifrig mit. Das hörte plötzlich auf. Nie würden die Heimeltern von seinem letzten Spiel erfahren, denn Martin schwieg. Und jener andere Junge hatte erst recht Grund zu schweigen. Vielleicht hatte er seine gedankenlose Bemerkung gleich wieder vergessen, hatte sie wohl gar nicht so böse gemeint, musste ganz einfach seinem Ärger Luft machen, weil seine Mannschaft einige Male verlor. „Wenn der Krumme dabei ist, geht es natürlich immer krumm."

Martin weigert sich auch, an Schulausflügen teilzunehmen. Der Heimleiter versucht zwar jedes Mal, ihn für

die bevorstehende Reise zu begeistern. Ihn zu drängen, wagt er nicht. Martin ist behindert. Vielleicht ermüdet er schneller als andere? Was weiß der Lehrer!

Martin verschweigt auch dies: Er hatte sich wie die anderen Kinder froh und erwartungsvoll in die Eisenbahn gesetzt, aus dem Fenster geguckt und sich seine Haare vom lustigen Wind zerzausen lassen. Einmal drehte er sich um und sah gerade, wie seine Schulkameradin die Zunge herausstreckte gegen eine Frau, die neben ihm Platz genommen hatte. Dann tuschelte sie Martin ins Ohr: „Was braucht dich die Gans so blöd anzustarren, als wärest du wer weiß was für ein Weltwunder!"

Von diesem Tag an versucht Martin ängstlich, jedem fremden Menschen auszuweichen. Es gelingt ihm, sich um die gemeinsamen Spaziergänge herumzudrücken. Er erträgt die erstaunten, mitleidigen, neugierigen Blicke nicht länger. Er schämt sich auch vor den Kindern, die neu ins Heim kommen. Wie die ihn ansehen mit Augen, in denen er Verwunderung oder sogar Abneigung liest! Dass es so etwas gibt wie ihn!

Er wünscht sich immer mehr, allein zu sein. Allein! Sie sind ihm alle im Weg: die Gesunden, die Geradegewachsenen. Er hasst dieses Haus. Er hasst die Kinder. Sein

Gesicht hat nach und nach einen finsteren Ausdruck bekommen. Er erfüllt wohl seine Pflichten gewissenhaft, aber verdrossen, freudlos und allzu schweigsam. Die Heimeltern sorgen sich um ihn: Martin soll im nächsten Frühling aus der Schule entlassen werden und eine Lehre beginnen. Aber es lässt sich kein Lehrmeister finden für den menschenscheuen Burschen mit seinem verschlossenen, abweisenden Gesicht.

Und doch hat er auch einen Freund. Das ist Rex, der Heimhund. Wenn Martin allein auf der Bank vor dem Haus sitzt, während die anderen auf der Wiese spielen, legt Rex sich neben ihn. Martins Hand fährt über seinen Kopf. Rex steht auf, drückt sich an ihn und wedelt mit dem Schwanz. Der Heimleiter beobachtet sie aus seinem Büro: „Hört mal her, ihr beiden! Lauft in den Wald, macht einen Spaziergang!" Rex versteht sofort. Er tanzt freudig bellend um Martin herum.

Dieser Wald! Er nimmt sie auf, einfach, fraglos, freundlich und treu. Sie atmen leichter. Sie bewegen sich frei wie in einem Haus, das ihnen allein gehört. Es geschieht, dass Martin sich laut seinem Freund mitteilt. Rex hebt lauschend den Kopf, als verstehe er alles. Sie wissen nicht, dass beide aufmerksam beobachtet werden.

Es ist im Advent. Sie bleiben vor den jungen Tannen stehen. „An Weihnachten wird eine als Christbaum in unserem Heim stehen. Welche könnte es sein?" Martin sieht neben einer prächtigen, jungen Tanne eine andere: kleiner, schief, verkrüppelt. „Das gibt es also auch hier. Diese kräftigen, gerade gewachsenen Tannen haben der schwächeren das Licht weggenommen. Jetzt ist sie verkümmert und taugt zu nichts mehr." Heißer Zorn steigt in Martin auf. Er tritt mit dem Schuh wütend gegen die gesunde, gerade Tanne.

Rex beginnt zu bellen. Martin wendet sich um und sieht den Mann, der aus dem Tannendunkel kommt. „Suchst du dir einen Christbaum aus?", fragt er. Martin erkennt den Förster. Er ist als Freund der Heimeltern ab und zu im Kinderheim zu Gast.

Martin zeigt auf den krummen, kleinen Baum. „Der da taugt auf keinen Fall für einen Christbaum. Warum lässt man ihn überhaupt stehen, statt ihn ins Feuer zu werfen?"

„Ich bin auf dem Weg hinauf zum Bergwald", sagt der Förster. „Falls du Lust hast, mich zu begleiten, telefoniere ich vorher mit der Heimleitung." Martin war sofort einverstanden.

In der Berghütte: ein Bett, ein Tisch mit zwei Stühlen, ein Herd, ein Kasten und draußen die Bank. Martin fühlt sich wohl. Sie holen Wasser am nahen Bergbach und kochen Tee auf dem kleinen Herd. Sie essen ihr Mittagsmahl draußen auf der Bank aus dem Rucksack des Försters. Es riecht nach Holz. Ein Hauch von reinem Schnee weht von den Bergen her. Die stehen von der Sonne gekrönt im stillen Tag und schauen aus ferner Höhe zu ihnen herab. Ihre Größe bedrückt nicht.
„Wer hier oben wohnen könnte, müsste sich vorkommen wie ein König", meint Martin.
Der Förster erzählt: „Ich ließ diese Hütte für meinen Gehilfen bauen. Aber der fühlte sich unglücklich. Er langweilte sich, klagte über die Einsamkeit. Ich verschaffte ihm Bücher, ein Radio, sogar einen Hund. Er hielt es nicht aus. Er ging und seitdem steht die Hütte leer." Martin schaut gedankenvoll vor sich hin und schüttelt verständnislos den Kopf.
Von diesem Tag an ist Martin nicht mehr derselbe. Wenn er neben dem Hund auf der Bank vor dem Haus sitzt, träumt er sich auf jene andere Bank vor der kleinen Hütte, hoch oben im Bergwald.
Am Tag vor Weihnachten wird sein Heimweh nach stil-

len Wäldern, weißem Schnee und einsamer Sonne groß, größer, allzu groß. Die Heimmutter sieht es nicht gern, wenn er allein und mit abwesendem Gesicht vor sich hinbrütet. Sie winkt ihn zu sich in die große Stube. Er soll ihr helfen, den Christbaum zu schmücken. Er gehorcht, doch ohne Begeisterung. Er denkt an die vielen Gäste, die für die Heimweihnacht erwartet werden. Widerwille steigt in ihm auf. Heimlich lässt er eine Kugel, dann eine Kerze samt Halter in seinen Taschen verschwinden. Später verschwindet auch er. In der Aufregung, in der Betriebsamkeit der Festvorbereitungen bemerkt es niemand. Rex hat den Heimvater ins Dorf begleitet.

Erst beim Nachtessen fällt sein leerer Platz auf. Aber da ist er schon weit, schon hoch oben vor der Hütte. Verloren in der stillen Dunkelheit zuckt die Flamme seiner Kerze. Er schrickt heftig zusammen. Die Tür der Hütte öffnet sich von innen. Der Förster steht vor ihm, doch der scheint nicht überrascht zu sein. Ja, es hört sich an, als habe er Martin erwartet: „Das freut mich, dass du die Weihnacht mit mir zusammen hier oben feiern willst. Warte! Bald kannst du eintreten."

Martin setzt sich auf Bank. Seine Hand, welche die Ker-

ze hält, zittert. Wieder öffnet sich die Tür der Hütte. Ein warmer Schein sucht nach ihm, umfängt ihn und zieht ihn ins Innere. Das Licht geht vom Bäumchen aus. Es streckt ihm die Äste entgegen, reich geschmückt mit Kerzen, Kugeln, Glöckchen und Silberfäden. Martin erkennt es sogleich, das krumme, verkrüppelte Tännchen.

„Es steht jetzt an seinem Platz", beginnt der Förster. „Ich glaube, das wäre hier auch ein rechter Platz für dich. Du wirst im Frühling aus der Schule entlassen. Willst du mein neuer Gehilfe werden? Die Heimleitung wäre damit einverstanden. Ich brauche einen wie dich, der den Wald liebt, der Stille und Einsamkeit nicht fürchtet."

Martin bringt kein Wort über die Lippen. Er schluckt, nickt und befestigt seine Kerze und seine Kugel an einem Ast des Bäumchens. So kann er sich abwenden und seine Tränen verbergen, Tränen der Freude.

Advent

Es treibt der Wind im Winterwalde
die Flockenherde wie ein Hirt,
und manche Tanne ahnt, wie balde
sie fromm und lichterheilig wird,

und lauscht hinaus. Den weißen Wegen
streckt sie die Zweige hin – bereit,
und wehrt dem Wind und wächst entgegen
der einen Nacht der Herrlichkeit.

Rainer Maria Rilke

Der dunkle Engel

„Wenn ihr die Augen schließt, könnt ihr vielleicht den Engel sehen und aufs Papier malen", meint die Lehrerin. Sie hat den Kindern die Weihnachtsgeschichte erzählt. Mit Begeisterung beginnen sie zu zeichnen. Rita nimmt helle Farben. Ihr Gesicht ist froh. Auch Patrick hat die Augen geschlossen. Aber er sieht keinen Engel. Etwas Dunkles kommt auf ihn zu: ein graues Haus mit vergitterten Fenstern. Gestern ging er zusammen mit seinem großen Bruder am Gefängnis vorbei. „Wenn der Vater weiterhin so viel trinkt, sitzt er bestimmt eines Tages da drin", sagte der Bruder.

Patrick fängt an zu malen. Er nimmt dunkle Farben: schwarz und grau. Rita neben ihm sieht es. „Puh!", macht sie: „Das ist doch kein Engel."

Patrick schaut auf ihr Blatt. Er sieht die leuchtenden Farben ihres Engels. Er sieht auch ihr helles Gesicht. Da zerknüllt er sein Blatt und stopft es in die Hosentasche.

„Willst du nochmals beginnen?", fragt die Lehrerin. Er schüttelt den Kopf.

Nach der Schule läuft Patrick allein zum Wald. Die Tannen sind dunkel und warten auf den ersten Schnee. „Der Wald passt zu meinem Engel", denkt Patrick. Er zieht das zerknüllte Papier aus der Hosentasche und betrachtet den Engel. „Puh!", hat Rita gesagt. Er wirft die Zeichnung fort. Dann er horcht er auf. Kinderstimmen! Eine Schulklasse? Er späht in den Wald hinein. Der Wald ist nicht mehr dunkel: Auf dem Ast einer Tanne brennt eine Kerze. Nur eine. Aber sie macht den dunklen Wald hell. Patrick sieht eine Frau und eine Schar Kinder. Einer der Jungen hat ihn schon bemerkt. Er zeigt auf ihn. Patrick will schnell weglaufen. Aber der Junge winkt und ruft: „So komm doch und sei nicht feige!"

„Feige ist einer, der nicht mutig ist", denkt Patrick. Er will mutig sein und nähert sich.

„Wir feiern Advent", sagt die Frau. Die Kinder nennen sie Gabriela. Patrick schaut die Kerze an. Sie brennt sehr hell und warm. Sie wirft ihren Schein auf die Kinder, die ein Adventslied singen. Patrick kennt es von der Schule. Er singt mit. Gabriela nickt ihm freundlich zu. Er darf die Kerze ausblasen.

„Wo wohnst du?", fragt sie. Patrick zeigt mit dem Arm aus dem Wald hinaus. „Fein, dass du mit dabei warst!" Sie wendet sich an die Kinder: „Wir wandern durch den Wald und zurück ins Kinderheim." Patrick schleicht den Kindern nach.

Nach der Feier im Wald ist es im Heim besonders gemütlich. Die Kinder sitzen in kleinen Gruppen um ihre Tische. Gabriela teilt Zeichenblätter aus. Die Farbschachteln sind schon offen. Von der Decke hängt der Adventskranz. Die Wände sollen heute mit Zeichnungen geschmückt werden. Rolf schaut aus dem Fenster und ruft: „Der fremde Bub ist wieder da." Die Kinder drängen sich an den Fenstern zusammen.

„Wenn er will, darf hereinkommen", erlaubt Gabriela. Rolf ist schon bei der Tür. Hat nicht er ihn zuerst entdeckt? Schon vorher im Wald? Also darf auch er ihn hereinholen.

Ein Zeichenblatt und eine Farbschachtel sind auf dem Tisch bereit: für Patrick. Sein Platz ist neben Rolf. Der nickt ihm zu und ermuntert ihn: „Nur drauflos!" Patrick besinnt sich eine Weile. Dann nimmt er dunkle Farben: Schwarz für den Himmel, Dunkelgrün für den Wald. In der Mitte lässt er einen freien Platz – für die

Kerze. Sie muss strahlen, ganz hell. Dazu braucht er Gelb, Orange. Ein helles Grün für den Zweig, auf dem sie steht …

Auf einmal ist er von allen Kindern umringt. Gabriela hat sie herbeigerufen. Sie erklärt: „Weil Patrick den Wald so dunkel gemalt hat, leuchtet die Kerze besonders hell." Patrick spürt Wärme in sich. Er denkt: „Ich glaube, ich könnte jetzt einen Engel malen: hell wie die Kerze."

Ein Tännlein aus dem Walde

Ein Tännlein aus dem Walde,
und sei es noch so klein,
mit seinen grünen Zweigen
soll unsere Freude sein!

Es stand im Schnee und Eise
in klarer Winterluft;
nun bringt's in unsre Stuben
des frischen Waldesduft.

Wir wollen schön es schmücken
mit Stern und Flittergold,
mit Äpfeln und mit Nüssen
und Lichtlein wunderhold.

Und sinkt die Weihnacht nieder,
dann gibt es lichten Schein,
der leuchtet Alt' und Jungen
ins Herz hinein.

Albert Sergel

Die Weihnachtslaterne

Kurz vor acht Uhr wartet Simon beim Nachbarhaus auf Hassan. Sie haben denselben Schulweg. Er läutet. Niemand regt sich. Höchste Zeit! Simon rennt zur Schule. Die Lehrerin sagt: „Ich weiß etwas Schönes für Weihnachten."

„Ein Krippenspiel?"

„Eine Bastelarbeit als Geschenk?"

„Eine Waldweihnacht?"

Die Lehrerin lässt die Kinder raten, bis sie endlich still werden und ungeduldig auf Antwort warten: „Eine Weihnachtsfeier im Schulhaus! Freitagabend werden Lehrer und Eltern zusammen Laternen basteln für das Fest, wenn ihr im Bett liegt und von Weihnachten träumt."

Die Kinder jubeln und klatschen in die Hände. Die Lehrerin gibt Simon einen Briefumschlag mit den Worten: „Hassan ist heute nicht da. Ich habe die Einladung für seine Eltern aufgeschrieben. Sei so nett und bring sie ihnen."

Weiß die Lehrerin denn nicht, dass sie bei Hassan zu Hause das Weihnachtsfest nicht feiern?

Simon kommt mit seinem Vater ins Nachbarhaus. Sie bringen die Einladung der Lehrerin. Hassans Vater sagt: „Weihnachten ist ein Fest für die Reichen. Sie geben einander viele Geschenke. Wir sind arm."

Seine Frau seufzt. Sie arbeitet in einem Lederwarengeschäft: Wäre doch Weihnachten schon vorbei! Niemand hat Zeit und Geduld, wenn sie etwas nicht versteht. Was meint Simons Vater dazu? Es sei um diese Zeit kalt und dunkel. Weihnachten bedeute für ihn Wärme und Licht. Die Nachbarsleute schweigen und sinnen vor sich hin. Denken sie an die Dunkelheit und Kälte, wenn sie frühmorgens zur Arbeit gehen? Erinnern sie sich an den warmblauen Himmel über einem bunten Markt in ihrer Heimat?

Alle Eltern sind von der Lehrerschaft eingeladen, Laternen zu basteln. Licht für die Weihnachtsfeier in der Schule! Soll Hassan allein ohne Licht bleiben?, überlegt sich sein Vater.

So kommt auch er am Freitagabend ins Schulzimmer. Sie beginnen mit dem Entwurf für die Laterne. Verstohlene Blicke auf die Zeichnungen der andern! Da eine

Krippe. Dort ein Engel. Simons Vaters versucht es mit einem Muster und nickt seinem Nachbarn aufmunternd zu. Da erinnert sich Hassans Vater an die prächtigen Moscheen mit ihren wundervollen Ornamenten. Er beginnt zu zeichnen und ist bald ganz versunken in seine Arbeit. So beachtet er es kaum, dass hin und wieder jemand hinter seinem Rücken steht. Endlich hört er ein Geflüster: „Seht doch, wie schön!" „Mir gefällt diese am besten."
Da spürt er Wärme in sich.

O schöne, herrliche Weihnachtszeit

O schöne, herrliche Weihnachtszeit,
was bringst du Lust und Fröhlichkeit!
Wenn der heilige Christ in jedem Haus
teilt seine lieben Gaben aus.

Und ist das Häuschen noch so klein,
so kommt der heilige Christ hinein,
und alle sind ihm lieb wie die Seinen,
die Armen und Reichen, Großen und Kleinen.

Der heilige Christ an alle denkt,
ein jedes wird von ihm beschenkt.
Drum lasst uns freu'n und dankbar sein!
Er denkt auch unser, mein und dein.

August Heinrich Hoffmann von Fallersleben

Blacky

Der Christbaum ist geschmückt. Die Geschenke liegen bereit: ein neues Etui, Farbstifte, ein Lesespiel und einige Bücher. Die Weihnachtsgeschenke für Stefan! Wenn er endlich da wäre, könnte man mit der Feier beginnen. Schon wird es leise dunkel – dunkel für den Schein der Kerzen am Heiligen Abend. Aber Stefan fehlt. Der Vater runzelt die Stirn. „Wo steckt er eigentlich noch so spät?", fragt er. „Vielleicht auf dem Bauernhof – bei seinem Freund Andreas", vermutet die Mutter. Sie tritt ins Kinderzimmer und deckt Stefans Bett ab. Ihr Blick fällt auf eine Zeichnung. Sie ist an der Wand befestigt, direkt über dem Kopfkissen, und zeigt eine junge, schwarze Katze.
Die Mutter nimmt das Bild von der Wand. Auf der Rückseite liest sie: „Mien Weihnachzwuntsch – Blacky!" Die Mutter legt die Zeichnung still vor den Vater hin. Auch er liest den Weihnachtswunsch. Dabei schüttelt er den Kopf und bemerkt: „Immer diese Fehler!" „Aber

die Zeichnung!", wendet die Mutter ein. Der Vater brummt: „Freilich! Nicht schlecht!" Die Mutter erzählt: „Diese Woche habe ich mit dem Lehrer geredet. Stefan ist im Zeichnen einer der besten Schüler." „Im Zeichnen! Im Zeichnen! Und in Sprache und im Rechnen?", antwortet der Vater verärgert. Er blickt auf die Uhr. „Was soll das bedeuten? Am Heiligen Abend! Da sind wir als Kinder den ganzen Nachmittag im Haus geblieben. Wir freuten uns wochenlang auf ein kleines Geschenk. Aber unser Söhnchen ist sehr verwöhnt. Stefan gibt sich auch in der Schule zu wenig Mühe. Deshalb die schlechten Noten!"

Der Vater nimmt noch einmal die Zeichnung in die Hand. Die Mutter steht hinter ihm. Die betrachten beide die junge schwarze Katze. Sie lesen nochmals: „Mien Weihnachzwuntsch – Blacky!"

„Es ist nicht recht. Nein, es ist nicht recht", denkt Stefan. Er steckt die kalten Fäuste in die Taschen seiner Jacke und stapft durch den Schnee auf den Bauernhof zu. Stefan begreift es nicht. Letzte Woche hat die Mutter mit ihm das Diktat eingeübt, immer wieder. Stefan wollte eine gute Note haben. Unbedingt! Wegen Vater! Wegen Blacky! Weil er sagte: „Streng dich ein bisschen an!

Wenn dein letztes Diktat vor Weihnachten wieder schlecht ausfällt, dann schlag dir die Katze aus dem Kopf!" Hat Stefan sich nicht alle Mühe gegeben? Aber es hat nichts genutzt. Im Gegenteil! Als der Lehrer die Hefte austeilte, schwitzte Stefan vor Angst. „Jetzt kommt es darauf an", dachte er und wurde immer aufgeregter. Stefan schrieb schnell, zu schnell. Das Diktat fiel schlecht aus wie immer.

„Es ist nicht recht", murmelt Stefan vor sich hin. „Nein, es ist nicht recht!", ruft er laut in den stillen Winterabend hinein und stampft mit dem Fuß. „Erst wenn sich deine Noten bessern, kommt die Katze ins Haus." Wenn der Vater einmal etwas sagt, dann bleibt er dabei. Stefan weiß das zu gut.

Prinz bellt vor der Hundehütte. Seine Kette rasselt. „Still! Sei still!", spricht Stefan ihm zu. Er drückt sich in den Stall hinein. Drinnen ist es warm. Es riecht nach Tieren. Die Kuh Liese wendet ihm verwundert den Kopf zu und muht leise. Stefan kennt jedes Tier auf dem Hof beim Namen. Andreas, der Sohn des Bauern, ist sein Schulkamerad und bester Freund. Vor einigen Wochen entdeckten Stefan und Andreas die jungen Katzen im Heu. Mauz hatte sie auf dem Heuboden heimlich zur

Welt gebracht. Am besten gefiel Stefan die schwarze. Andreas war sofort bereit, sie ihm zu schenken.

Stefan klettert die Leiter zum Heuboden hinauf. Ein wenig Licht fällt herein: Der Schein von einer nahen Straßenlampe. Das Heu knistert. Mauz streckt sich und gähnt. Jetzt drückt die Katze die Augen zu und schnurrt, weil Stefan ihr über den Rücken streicht. Blacky krabbelt im Heu herum. Stefan nimmt das Kätzchen an sich. Es drückt den kleinen Kopf an seine Brust und schnurrt auch.

„Blacky! Mein Blacky!", flüstert Stefan. „Ich bleibe jetzt eine Weile bei dir. Ja, wir feiern zusammen ein wenig Weihnachten, bevor ich heimgehe zum Christbaum und zu den Geschenken."

Stefan murmelt sein Sprüchlein für die Weihnachtsfeier. Vater wünscht es von ihm. Das Gedicht hat er in der Schule gelernt. Er kann es auswendig hersagen. Mauz schnurrt und maunzt einmal dazwischen. Blacky schnurrt auch, ganz fein und leise. Stefan seufzt: „Wenn der Vater vor mir steht, heute Abend beim Christbaum, und mich anschaut, kann ich es bestimmt nicht mehr wie jetzt."

Draußen schlägt Prinz wieder an. Es ist ein frohes Bellen. Stefan kennt den Hund. Er erkennt auch die Stimme seines Freundes Andreas. Stefan zuckt zusammen. Andreas hat die Stalltür geöffnet. Vor der Leiter zum Heuboden steht Prinz und bellt und bellt.

Andreas ruft: „Mauz! Blacky! Wo seid ihr denn? Es ist Zeit für die Weihnacht in der Stube." Schon steigt Andreas die Leiter zum Heuboden hinauf. Er schwingt eine Stalllaterne. Unten bellt Prinz immer lauter und wedelt mit dem Schwanz.

„Aber Stefan! Du bist hier? Ich rufe sofort deine Eltern an", sagt die Mutter von Andreas. „Sicher haben sie Angst um dich. Am Heiligen Abend!"

Stefan darf in der Bauernstube warten. Am Christbaum sind schon die Kerzen angezündet. Die Krippe ist hell beleuchtet. Stefan staunt: Er denkt: „Wir haben keine Krippe mit dem Jesuskind, keine Hirten mit Schafen und dazu keinen Prinz, keine Mauz und auch kein Blacky."

Die Stube ist voll von den Stimmen der Kinder. Hier und da bellt Prinz freudig dazwischen und wedelt mit dem Schwanz. Mauz und Blacky streichen Stefan um die Beine und schnurren. Auf einmal beginnt Prinz aufgeregt zu bellen. Er wedelt nicht mehr mit dem Schwanz. Sie horchen auf. Unten an der Haustür läutet es. Die Kinder blicken auf Stefan. Er senkt den Kopf. Vater und Mutter sind da, sie wollen Stefan nach Hause holen.

„Schaut, das ist Blacky!" Stefan zeigt den Eltern die kleine Katze. Er kauert sich neben sie. Blacky drückt den Kopf an sein Knie und schnurrt. Andreas denkt: „Jetzt muss Stefan gehen und Blacky dalassen. Das Diktat ist schuld. Ich weiß es." Andreas kann nicht mehr an sich halten. „Das blöde Diktat!", ruft er aus. Er blickt Stefans Vater verstohlen von der Seite an. „Ich mache ebenso viele Fehler wie Stefan. Aber da wir beide später Bauern werden wollen, sind die Fehler im Diktat für uns nicht das Wichtigste."

Der Bauer schmunzelt. „Aber das Weihnachtsgedicht möchten wir trotzdem hören", meint er. „Los, beide miteinander! Was der eine nicht weiß, weiß vielleicht der andere."

„Eins, zwei, drei", flüstert Andreas. Sie beginnen. Manchmal stockt einer der beiden. Sie sehen sich an und kichern. „Fangen wir noch einmal an!", schlägt Andreas vor. Beim zweiten Mal gelingt es schon besser. Der Bauer und die Bäuerin klatschen. Die Kinder klatschen. Stefan sieht Vater und Mutter an. Wahrhaftig! Sie klatschen auch. Aber jetzt stehen sie auf. Stefan

beugt sich nochmals nieder zu seiner kleinen Katze und streichelt sie. Blacky schnurrt. Da steht auf einmal der Vater nahe hinter ihnen.

„Die Zeichnung in deinem Zimmer habe ich gesehen. Sie ist dir gut geraten", lobt er. Stefan blickt den Vater an. Die Augen des Buben strahlen.

„Schöner als die Lichter am Christbaum", denkt seine Mutter.

Die Bäuerin sagt einfach: „Wenn Sie Blacky gleich mitnehmen wollen, hole ich den Deckelkorb." Stefan wird rot, dann bleich. Was meint der Vater dazu? Der schaut die Mutter an und nickt.

O Tannenbaum

O Tannenbaum, o Tannenbaum,
wie treu sind deine Blätter!
Du grünst nicht nur zur Sommerzeit,
nein, auch im Winter, wenn es schneit.
O Tannenbaum, o Tannenbaum,
wie treu sind deine Blätter!

O Tannenbaum, o Tannenbaum,
du kannst mir sehr gefallen!
Wie oft hat doch zur Weihnachtszeit
ein Baum von dir mich hoch erfreut!
O Tannenbaum, o Tannenbaum,
du kannst mir sehr gefallen!

O Tannenbaum, o Tannenbaum,
dein Kleid will mich was lehren:
Die Hoffnung und Beständigkeit
gibt Trost und Kraft zu jeder Zeit.
O Tannenbaum, o Tannenbaum,
dein Kleid will mich was lehren.

Ernst Anschütz / August Zarnack

Weihnachten allein?

Die Tür des Aufzuges öffnet sich im siebten Stock der Klinik. Katrin atmet auf: Er ist leer. So rasch wie möglich hinein und auf den grünen Knopf drücken: Lifttür zu! Aber da kommt Frau Berger auf Krücken heran. Katrin seufzt: Druck auf den roten Knopf: Die Lifttür öffnet sich wieder. Dankbares Lächeln. Der Lift fährt nach unten. Die Zahl Sechs leuchtet auf. Wieder öffnet sich die Tür. Ein Rollstuhl! Also nochmals roten Knopf drücken – es dauert lange, bis der Rollstuhl hereingeschoben ist.

Fahrt – Zahl Fünf – Tür auf – eine Krankenschwester mit dem Wagen voll Wäsche … Nächstes Mal gehe ich zu Fuß alle Stufen hinunter, auch wenn es schmerzt, denkt Katrin.

In der Eingangshalle ruft jemand ihren Namen. Sie wendet sich nicht um, strebt zum Ausgang. So rasch wie möglich hinaus aus dieser kranken Luft. Vom runden Tisch der Cafeteria schauen ihr die anderen Patienten nach. Sie reden über Katrin, die Jüngste hier.

„Seit ihr Freund sie am Sonntag besuchte, ist sie wie umgewandelt."

„Letzte Woche war sie noch so freundlich und hilfsbereit!"

„Sie hat mich im Rollstuhl jeden Tag vom Speisesaal zum Lift geschoben."

„Und mir hat sie nach dem Essen die Stöcke vom Boden aufgehoben und mit einem Lächeln in die Hände gegeben."

Frau Berger nickt gedankenvoll: „Sie spricht auch am Tisch kaum mehr ein Wort."

„Und ihre Eltern, wo sind die?"

„Dieser Freund", der alte Mann hüstelt, „hat uns wie Luft behandelt. Gut aussehend, aber hochmütig."

Im Papierkorb liegt Jochens Weihnachtskarte. Katrin hat sie in viele kleine Fetzen zerrissen: „Ich habe Gelegenheit, mit Freunden über die Feiertage Skiferien zu machen. Du musst mich verstehen. Im Januar werde ich dich wieder besuchen. Frohe Weihnachten!" Katrin hat sich auf ihr Bett geworfen und stiert an die Decke. „Frohe Weihnachten! Dass ich nicht lache!", sagt sie halblaut und überlässt sich zornigen Gedanken, die gleich dunklen, eingesperrten Vögeln erwacht sind und an die

Wände schlagen. „Schäbig von dir, Jochen, mich hier allein zu lassen! Schließlich verdanke ich meinen verletzten Fuß dir. Ich setzte mich hinter dich auf dein Motorrad. Ich weiß noch gut, wie ich mich krampfhaft an dir festhielt. Ich hatte Angst. Die Straße war steil. Wir stürzten. Du kamst heil davon. Ich blieb liegen. Du wolltest mir auf die Beine helfen. Ungeduldig. Es gelang nicht. Du fluchtest. Ich hatte irrsinnige Schmerzen. Ein Autofahrer hielt an und besorgte alles weitere: Polizei – Krankenhaus. Der Fuß ist noch immer nicht geheilt. Deshalb die Kur hier in der Klinik! Und du gehst in die Skiferien und wünschst mir noch frohe Weihnachten."

Am Vorweihnachtstag möchte Katrin am liebsten allein sein, doch sie rafft sich auf zum Mittagessen im Speisesaal. Ausgerechnet Frau Berger ist es, die sich an Stöcken mühsam zum Aufzug schleppt. Die Tür ist noch offen. „Katrin!", ruft sie erfreut. Als habe sie niemanden gesehen und nichts gehört, lässt Katrin die Lifttür zufallen und fährt allein nach unten.

Am Tisch im Speisesaal will das Gespräch nicht in Gang kommen. Noch immer fehlt Frau Berger. Sie müsste längst da sein.

Eine Schwester räumt schweigend das Gedeck weg.

Jemand fragt: „Ist Frau Berger von ihren Verwandten schon zur Weihnachtsfeier abgeholt worden?"
Die Schwester schüttelt den Kopf und sagt: „Daraus wird auch dieses Jahr nichts. Sie ist soeben vor dem Lift unglücklich gefallen. Wenn die ganze Geschichte nur nicht von vorn beginnt, wieder eine Operation …"
„Und sie hat sich so sehr auf ihre Entlassung gefreut! Auf die Weihnachtsfeier mit ihrem kleinen Neffen."
In der Cafeteria hört Katrin, dass Frau Berger nach den Feiertagen wieder ins Krankenhaus muss. „Darf man sie besuchen?", fragt sie zaghaft.
Beim Schalter für die Auskunft steht ein Junge. „Ich muss unbedingt rasch zu meiner Tante, um ihr etwas zu bringen: Frau Berger."
Katrin geht zum Schalter und sagt: „Ich möchte ihm den Weg zeigen." Die Sekretärin nickt. Der Junge läuft hinter Katrin her. Er trägt ein Paket, hält es mit Händen und Augen fest: Weihnachtspapier, ein Strohstern, Goldschnur!
Der Junge hat das Geschenk für seine Tante ausgepackt. Er ist bereit, sein auswendig gelerntes Weihnachtsgedicht herzusagen. Da aber niemand ihn dazu auffordert, lässt er es gern bleiben. Erleichtert geht er wieder, weil er sich auf das Fest zu Hause freut.

Der Weihnachtsabend naht. Frau Berger und Katrin sind allein.
Allein?
Frau Berger sagt: „Wir haben einen Freund, der uns nie verlässt." Katrin sieht ihr überrascht ins Gesicht.
„Heute ist der Tag seiner Geburt", sagt Frau Berger. „Weihnachten!"

Am Weihnachtsbaum die Lichter brennen

Am Weihnachtsbaum die Lichter brennen,
wie glänzt er festlich, lieb und mild,
als spräch er: „Wollt in mir erkennen
getreuer Hoffnung stilles Bild."

Die Kinder stehn mit hellen Blicken,
das Auge lacht, es lacht das Herz,
o fröhlich' seliges Entzücken!
Die Alten schauen himmelwärts.

Zwei Engel sind hereingetreten,
kein Auge hat sie kommen sehn,
sie gehn zum Weihnachtstisch und beten
und wenden sich und gehn.

„Gesegnet seid ihr alten Leute,
gesegnet sei du kleine Schar!
Wir bringen Gottes Segen heute
dem braunen wie dem weißen Haar.

Zu guten Menschen, die sich lieben,
schickt uns der Herr als Boten aus.
Und seid ihr treu und fromm geblieben,
wir treten wieder in dies Haus."

Kein Ohr hat ihren Spruch vernommen;
unsichtbar jedes Menschen Blick
sind sie gegangen wie gekommen,
doch Gottes Segen blieb zurück.

Hermann Kletske

Großvaters Weihnachtswunsch

„Du hast keine Ahnung, wie sehr Florian enttäuscht ist, weil ich morgen nicht ins Lager mitfahren darf." Jasmin wirbelt den Geschirrlappen in immer wilderen Kreisen vor dem Gesicht ihrer Mutter herum.
„Hör endlich auf!", ruft die aus und stößt das Mädchen abwehrend von sich weg.
„Alles deine Schuld! Du hättest mich schon morgen loswerden können", gibt Jasmin zurück.
„Großvater hat es verdient, dass du seinetwegen auf ein paar Skiferientage verzichtest. Es bleibt dir die Sportwoche."
Aber Jasmin hört nicht hin. Das Mädchen schlägt den Lappen gegen die Scheibe des Küchenfensters und rebelliert: „Schau dir dieses prächtige Wetter an! Das halte ich nicht aus. Ich werde mich vor Großvater nicht beherrschen können. Du wirst etwas erleben. Alles deine Schuld!"

Der Vater steht kopfschüttelnd in der Tür, streckt Jasmin einen Geldschein entgegen und sagt beschwichtigend: „Hinaus mit dir in Sonne und Schnee! Sonst gibt es noch Streit zwischen Mutter und Tochter am Heiligen Abend."
Jasmin wirft den Lappen auf den Tisch. „Wenigstens du hast ein Herz für mich. Freilich ist es kein Ersatz für das Skilager. Dann also auf zum Minihügel!"
Jasmin fährt mit dem Skilift inmitten fröhlicher Skifahrer missmutig den Hang hinauf. „Was für ein Idiotenhügel unter solch blendender Sonne", ärgert sie sich. Oben beim Wäldchen macht sie sich zur Abfahrt bereit. Über ihr ragen die Tannen still in einen klaren Himmel. Ohne anzuhalten saust Jasmin elegant die Piste hinunter und wird beim Skilift von bewundernden Blicken empfangen. Ein kleines Mädchen arbeitet sich unbeholfen durch den Schnee von seinen Eltern weg.
„Du kannst es am besten", schmeichelt es. „Darf ich einmal mit dir zusammen Skilift fahren? Bis jetzt bin ich jedes Mal hinausgepurzelt."
Es gelingt Jasmin, das Mädchen neben sich bis oben im Gleichgewicht zu halten. Seine Begeisterung ist groß. „Ich fahre dir nach", meint es und stürzt. Jasmin hilft dem Kind mit freundlichem Zureden wieder auf die Beine.

Unten sieht sie plötzlich Florian neben sich. „Ich will mich heute noch ein bisschen einfahren für die Skiferien", sagt er und lobt: „Du machst dich als Skilehrerin nicht schlecht, wie ich sehe. Wann rückt der Spielverderber an?" Dabei merkt er nicht, wie sich ein älterer Herr der kleinen Gruppe nähert.

„Sehe ich recht?", ruft Jasmin erstaunt aus. „Großvater ist schon da."

Florian will sich unauffällig entfernen. Aber Jasmin hält ihn mit ihren Worten zurück: „Das ist Florian, mein bester Schulfreund – mein Großvater." Florian fühlt sich geehrt und spürt auf einmal den Wunsch, einen guten Eindruck zu machen.

Das kleine Mädchen schmiegt sich an Jasmin. „Bitte noch einmal", bettelt es.

„Also rasch den Hang hinauf! Damit ich deine Künste im Skisport bewundern kann", muntert der Großvater Jasmin auf.

Florian bleibt bei ihm stehen und sagt: „Schade, dass Jasmin morgen nicht mit uns ins Skilager fahren darf. Ich mag sie von allen Mädchen unserer Klasse am besten."

Jasmin kehrt mit dem Großvater heim. Die Eltern at-

men auf. Sie streicht entzückt über die neue Skijacke, das Weihnachtsgeschenk des Großvaters. Der lächelt.
„Wenn wir dir nur auch einmal einen Wunsch erfüllen könnten", meint die Mutter.
„Den hab ich!", erwidert er. Sie horchen erstaunt auf.
„Ich wünsche – ja, ich hoffe sehr, dass man mir diesen Wunsch auch wirklich erfüllt – also, ich wünsche mir …"
„Das ist ungeheuer spannend", unterbricht ihn der Vater belustigt.
Großvater räuspert sich und sagt endlich feierlich: „Ich wünsche mir, dass man meine Enkelin morgen mit ihrer Klasse in die Skiferien entlässt."
Vater und Mutter blicken einander an. „Woher weißt du? Von Jasmin?"
Und der Großvater: „Nicht Jasmin, aber vielleicht haben Sonne und Schnee es mir verraten."
Jasmin kann vor Aufregung nicht einschlafen und beginnt, leise ihren Rucksack zu packen. Dann horcht sie auf. Eine Tür öffnet und schließt sich. Großvater verlässt allein das Haus. Jasmin hört das Glockengeläut der Kirche: Großvaters Weihnacht! „Vor Jahren hat er mich zur Krippe in der Kirche mitgenommen. Und wenn ich ihm jetzt nachgehe? Er würde sich bestimmt freuen."

Der Traum

Ich lag und schlief; da träumte mir
ein wunderschöner Traum:
Es stand auf unserm Tisch vor mir
ein hoher Weihnachtsbaum.

Und bunte Lichter ohne Zahl,
die brannten ringsumher;
die Zweige waren allzumal
von gold'nen Äpfeln schwer.

Und Zuckerpuppen hingen dran;
das war mal eine Pracht!
Da gab's, was ich nur wünschen kann
und was mir Freude macht.

Und als ich nach dem Baume sah
und ganz verwundert stand,
nach einem Apfel griff ich da
und alles, alles schwand.

Da wacht' ich auf aus meinem Traum
und dunkel war's um mich.
Du lieber, schöner Weihnachtsbaum,
sag an, wo find ich dich?

Da war es just, als rief er mir:
„Du darfst nur artig sein,
dann steh ich wiederum vor dir;
jetzt aber schlaf nur ein!

Und wenn du folgst und artig bist,
dann ist erfüllt dein Traum,
dann bringet dir der heil'ge
Christ den schönsten Weihnachtsbaum."

August Heinrich Hoffmann von Fallersleben

Quellennachweis

Texte:
S. 9, 22, 27, 33, 38, 44, 50, 56, 62, 86 aus: Elisabeth Heck, Ruth Kerner, Der verheißende Stern. Weihnachtslegenden, © 1994 Lahn-Verlag in der Butzon & Bercker GmbH, Kevelaer, www.lahn-verlag.de
S. 15, 71, 78, 90, 95, 99, 107, 113, 117, 126, 133 aus: Elisabeth Heck, Ruth Kerner, Wege in die Weihnacht, © 2004 Lahn-Verlag in der Butzon & Bercker GmbH, Kevelaer, www.lahn-verlag.de
S. 36 aus: CD „Das Wunder dieser Nacht", © Robert Haas Musikverlag, www.robert-haas.de

Bilder:
Sterne: © Primalux – Fotolia.com
Vignetten: © Canicula – Fotolia.com